KB236382

젊은 날 이야기

방은 지음 · 유승연 그림

젊은 날 이야기

초판 1쇄 발행 | 2016년 4월 5일

지은이 | 방은
그린이 | 유승연
발행인 | 김영진
발행처 | 진인진
인쇄처 | 삼우아트
등   록 | 제25100-2005-000003호
주   소 | 경기도 과천시 별양동 1-14 과천오피스텔 614호
전   화 | 010-7710-4184
팩   스 | 02-504-3079
홈페이지 | http://www.zininzin.co.kr
이메일 | pub@zininzin.co.kr

ⓒ 방은 2016
ISBN 978-89-6347-249-2 03810

문단에 등단하고 십여년 동안 내 개인의 글은 쓰지 못
하고 좀 더 의미 있는 곳에 재능을 기부하며 대필작가
로 살아왔다. 뒤돌아보면 내가 이렇게 소설책을 내리라
는 생각은 미처 하지 못하고 재능기부로 나름 바쁘게
살았던 것 같다. 어쩌면 하는 마음으로 출판을 마음 깊
이 묻어 두고 있긴 했지만 이렇게 우연한 기회에 우연
한 마음으로 후다닥 책을 내버릴 줄은 몰랐다. 얼마 전
과천 문협의 사무차장을 맡게 되고 원고 청탁을 받게
되었는데 나는 내 어릴 적 고향과 그곳에서의 처녀 감
정들을 기억하며 극적 구성을 가미해 글을 써 냈다.

급하게 단편 〈젊은 날 이야기〉를 탈고한 후 아무래도
짧게 끝내기는 아쉬운 터라 고민 끝에 더 살을 붙이기

로 마음먹고 중편으로 만들어 책을 출간하게 되었다.

그래서 이 책은 과천문학 48호 단편소설 〈젊은 날 이야기〉를 기반으로 한다. 꼭 한 번은 쓰고 싶었던 내 기억 속의 아련한 이야기를 소설이란 틀 안에 재단을 하듯 구성을 하며 서술하는 동안 나는 사실인 듯 허구인 듯 추억 속을 헤매며 행복했다.

추억과 소설 사이를 오가며 과거의 어떤 기억을 사색하다 성찰도 하고 이해도 하는가 하면 때론 그 시절 그곳이 그리워 마음도 아팠다. 그러나 이제는 오랫동안 마음 안에 담아 놓았던 〈젊은 날 이야기〉를 털어내듯 소설로 묶어 내었으니 나의 모습도 한 단계 더 성숙하게 변할 것을 조심스럽게 기대해 본다.

"들은 이야긴데 첫사랑은 미완성이라 미련이 남는다고 하더라. 너도 그럴 테고……. 거 뭐라더라 지아가르닉 효과라고, 어떤 일을 끝내지 못하고 멈추었을 때 아쉬움이 커서 미련이 남게 되고 그 감정이 뇌리에 박힌다네. 대부분의 첫사랑이 그렇잖아. 아마 너에게 아직도 미련이 있다면 곧 집어 사랑이라기보다 다른 감정일 수 있다는 거지."

-본문 중에서

< 내 오랜 사랑아, 당신이 있어 나는 기뻤고 노했고 슬펐고 즐거웠습니다. 그리고 언제나 기억할 것입니다. 순수했던 그 시절을……>

-본문 중에서

차례

추억 찾기

요즘 발달된 인터넷 문화로 옛 친구 하나쯤 찾는 것은 일도 아닌 것 같다.

여고 때 빗길을 뚫고 나를 쫓아왔던 김현수라는 이름의 그 남학생, 가끔 생각나는 이름이다. 기분이 울적해질 때면 소셜 네트워크 친구 찾기에 이름을 쳐 본다.

그러나 그 이름의 주인공이 쉽게 나올 리가 없다. 대한민국에 김현수라는 이름이 몇이나 될까?

'미혹되지 않는다.'는 불혹을 지나 '하늘의 소리를 듣는다.'는 지천명을 바라보는데 무슨 미련이 남아 아직도 그 이름을 기억 저편에서 뒤적일까? 지칠 때도 됐다.

나이 오십 정도면 마음도 늙을 줄 알았다. 그러나 놀라운 것은 사람의 피부에 주름이 몇 개 더 새겨질 뿐 마음까지 늙는 것이 아니었다.

그렇게 컴퓨터를 바라보고 의자에 멍하니 앉아 추억 속을 헤매고 다닐 때였다.

"엄마 뭐해? 글은 많이 썼어?"

고등학교 야간 자율학습을 마치고 돌아온 둘째 딸 지윤이가 서재에 들어오면서 하는 말이었다.

"어, 신학기라 힘들지?"

나는 멍하니 딸을 보며 습관적으로 그렇게 말했다.

"선생님이 엄마 뭐 하시냐길래 글 쓴다니까 멋지대. 어? 근데 이건 뭐야? 엄마 누구 찾아?"

컴퓨터 화면에 '친구 찾기' 창이 떠 있었다.

"아무 것도 아냐, 간식 먹을래?"

"아니, 씻고 그냥 잘래. 아 참, 아빠는 출장에서 언제 오신대?"

"이번 주 일요일."

"응."

딸은 곧 서재를 나갔다.

나는 컴퓨터 전원을 끄기 전에 소셜 네트워크 창의 친구 추천 란을 훑기 시작했다. 역시나 김현수는 어디에도 없었다.

얼마 전 여고 동창 진숙이가 학창시절의 여러 가지 단상들을 이야기한 후 나의 추억 찾기 증상이 더 심해진 것 같다.

누구누구는 지금 어디서 무얼 한다는 둥, 어떻게 산다는 둥, 이런 저런 이야기로 한나절을 보내고서야 우리는 헤어졌다. 헤어지는 길에 진숙이는 그렇게 물었다.

"아 참, 너 그때 그 애, 김현수……."

"응?"

나는 짐짓 궁금한 이름을 마주대하니 딴청이었다.

"아니다. 이미 끝난 인연 알아 뭐 하나."

"어디선가 잘 살겠지."

나는 그렇게 체념하듯 말했지만 마음 한 구석이 아직도 씁쓸해져 오는 것을 느꼈다.

"이제 초월한 거야?"

"그러게……. 나이 오십 되니 이제 친구는 하려나?"

"그 애랑 연락이 되나 했는데 아니었구나?"

"이제 와서 연락해 뭐 할까? 폐경 되고 갱년기라 하루에도 몇 번씩이나 픽픽 쓰러지는 기분을 커피 대여섯 잔으로 겨우 참아내고 있는데."

실제로 몸과 마음이 열두 번도 더 바뀌는 것 같았다.

“그러다 속 버린다. 나같이 호르몬제를 먹든지……. 그리고 갱년기는 제2의 사춘기란다. 늙었는데 네 말대로 만나서 친구해.”

“친구……. 그래……. 친구 좋네.”

“알았다. 내가 괜한 소리했나 보다.”

내가 그렇게 시무룩하게 말하자 눈치 빠른 진숙이가 하는 말이었다.

“근데 나는 나이 드니까 가끔은 젊었을 때 보았던 그 애는 지금 어디서 어떻게 살까 만나면 친구도 하고 좋을 텐데……. 하는 뭐 그런 생각이 들더라. 근데 생각해 보니 너네는 친구하기도 좀 힘들겠다. 좀 별났어야지, 생각해 보면 그때가 아주 징글징글하지?”

나의 지난 일을 잘 알고 있던 진숙이는 짓궂게 웃으며 저 혼자 그렇게 결말을 내고는 차에 올랐다.

“흰소리 그만하고 어서 가.”

“야! 들은 이야긴데 첫사랑은 미완성이라 미련이 남는다고 하더라. 너도 그럴 테고……. 거 뭐라더라 자이가르닉 효과라고, 어떤 일을 끝내지 못하고 멈추었을 때 아쉬움이 커서 미련이 남게 되고 그 감정이 뇌리에 박힌다네. 대부분의 첫사랑이 그렇잖아. 아마 너에게 아직

도 미련이 있다면 콕 집어 사랑이라기보다 다른 감정일
수 있다는 거지.”

　진숙이의 말을 듣던 나는 어느 정도 공감이 되어 나도
몰래 고개를 끄덕이고 있었다.

　“듣고 보니 그런 것도 같네.”

　“그치?”

　“어 생각해 보니 맞는 말 같기도 해. 예를 들어 끝내
지 못한 숙제 같은 그런 거……. 한참 맛있게 먹던 밥
뺏긴 것 같은 그런 거…….”

　“응.”

　“근데 이제 와서 그게 뭐……. 먹던 밥도 그 시기를
놓치면 맛없어 못 먹는거구, 숙제도 학교 이미 졸업했는
데 제출한들 무슨 소용일까? 설사 그게 미련 같은 어떤
다른 감정이라 해도 다 때가 있는 것을……, 늦었는데
어서 가라.”

　나는 왠지 은근 화가 치밀어 그렇게 말했다.

　“애가, 애가, 갱년기 맞네. 웬일로 화도 내고……. 그
래, 이제 와서 그게 뭐가 맞다. 그럼 담에 보자. 친구야.”

　진숙이는 나를 이해한다는 표정으로 잠깐 손을 흔들
어 주고는 이내 음식점 야외 주차장에서 자가용을 빼내

대로의 차들 속으로 사라졌다.

진숙이와 헤어지고 벌써 며칠이 지났지만 감성이 고조되는 고요한 밤이 되면 여고 동창 진숙이가 얼마 전에 했던 말들이 다시 귓가에 맴돌았다. 나는 입 안 가득 채워진 질편한 엿가닥 같은 생각들을 한꺼번에 삼키지도 못하고 쩍쩍 달라붙는 추억을 그저 잊고 싶은 마음에 머리를 세차게 흔들며 서재를 나왔다.

밤12시, 얼굴이 또 화끈거려 왔다. 아무래도 호르몬의 변화가 내 의지의 중심까지도 흔드는 것만 같았다.

차가운 냉수 한 사발을 마셔보았다. 가슴에 앉은 불이라도 꺼트릴 것 같은 냉수의 시원함에 입안이 얼얼해져 왔다.

나는 그대로 식탁 의자에 앉아 지나온 세월을 생각해 보았다.

'내게 남은 것이 무엇일까? 내가 지금까지 무엇을 하고 살아왔을까?'

어둠속에서 그런 생각을 하며 가만히 정적을 느껴보았다.

나는 큰 우주에서 보면 아주 작은 개미같이 아무것도 아닌 것 같았다. 먹고 사는 일들로 점철된 매일같이 반복되는 생활. 영겁의 시간 속에서 보아도 나는 참 작은 존재 같았다.

이런 나 같은 사람은 안중에도 없다는 듯 세상 사람들은 어디론가 향해 크나 큰 경주라도 하듯이 달려가고 있었다. 나는 거기 근처 어딘가에 꼽사리 끼어 피 흘리듯 겨우 살아가고 있었다.

그런 생각이 들자 괜스레 우울해지려는 마음을 눌러 본다.

"아니다. 아냐."

나는 한참을 그렇게 어둠 속을 응시하다가 사춘기 증상을 이겨 보려 다시 서재로 향했다.

벽면을 가득 메운 책들이 보였다.

동서고금의 많은 사람들은 책속에 무엇인가 하고 싶은 말과 사연들, 지식, 사상 등을 담아놓았다. 그러나 이 순간만큼은 그런 것들이 다 부질없게만 느껴졌다.

'아……. 내가 제2의 사춘기가 맞나 보다.'

나는 그런 생각을 하며 다시 컴퓨터 앞에 앉았다. 컴퓨터 창에 친구 추천 란이 아직도 떠 있었다.

"어? 김현수……."

김현수라는 이름의 친구가 친구 추천 란에 떠 있었다.

놀랍고 반가운 마음에 감탄사 같은 말이 나도 몰래 흘러나왔다. 나는 프로필 사진을 확대해서 보았다. 김현수였다.

'어떻게 친구 추천 란에 올라와 있을까?'

나는 순간 반가운 마음이 들었다.

현수는 어느 바닷가에서 희미하게 웃고 있었다. 나는 김현수의 사진을 좀 더 확대해 하나하나 세심하게 살펴보았다.

세월이 많이 흘렀지만 학창시절의 눈, 코, 입 등 총명해 보이는 분위기는 그대로였다.

나는 프로필 사진을 보면서 열여덟 살 김현수를 자연스럽게 추억하기 시작했다.

인연은 시작되고

여고 2학년 여름 방학이 되었다.

논에 다녀온 아버지는 검게 그을린 얼굴이 땀범벅이 되어 우물가로 갔다.

넓은 마당을 지나 모로 난 우물가는 지하에서 올라오는 수질 좋은 물이었다. 한여름 물 한 바가지는 얼음물과 다를 바 없었다.

아버지는 펌프에 마중물 한 바가지를 넣고 지하수를 뽑아냈다. 세차게 나오는 얼음장같이 차가운 지하수로 아버지는 얼굴의 화기를 빼듯 거칠게 물을 끼얹었다.

각종 채소를 담아 이고 뒤따라 들어오던 어머니는 대나무로 짠 큰 소쿠리를 아무렇게나 내동댕이치며 아버지에게 다가갔다.

"웃통 벗고 엎드려요. 등목 해줄게."

아버지는 기다렸다는 듯 윗도리를 벗어 던져놓고 다시 엎드렸다.

아버지의 마른 살에 갈비뼈가 고스란히 드러났다. 전쟁 통에 부모 여의고 배운 거 없이 어찌어찌 고생만하며 살다 결혼하게 되었지만 딸만 다섯을 내리 낳고 책임감에 꾀 한번 못 부리고 살아왔다고 했다.

아버지가 주로 하는 말 '씰 데 없는 딸 다섯'이라고 했다.

도르라지게 드러난 아버지의 갈비뼈를 바라보던 나는 어린 나이지만 아버지가 참 안쓰럽다는 생각을 잠시 했던 것 같다.

"논에 피 뽑을라면 좀 걸리겠죠? 그렇게 뽑아도 또 나고 또 나고."

"농사는 정직한 거여. 하는 만큼 나오는 법이지."

"누가 아니래요. 일이 고돼서 그러지."

고생도 익숙한 듯 어머니는 그렇게 가볍게 말하며 아버지 등에 얼음장같이 차가운 물 몇 바가지를 끼얹었다. 아버지는 이내 차가운 냉기로 푸르스름해진 몸을 부르르 떨었다.

"시원하다."

화기가 좀 빠진 아버지는 몸을 일으켜 여기저기 맺힌 물방울을 쓱쓱 닦아냈다.

"술만 자시지 않으면 좀 좋아? 당신은 술만 마시면 기억도 안 난다는 아버지, 어머니는 어찌 그리 찾는대요. 그 나이에."

"씰 데 없는 소리."

아버지의 표정이 엄해지는 순간이었다.

부모를 잃고 고생고생 10대를 겨우 보냈다는 아버지는 술만 마시면 새색시같이 차분한 모습과는 다르게 누군가를 향해 온갖 분노를 쏟아냈다.

그럴 때면 소심한 나는 어디론가 숨어버렸다. 아버지의 고통을 이해하는 것보다 아버지의 고통 섞인 분노에 마주하고 싶지 않은 마음이 컸다.

그러나 내가 학교에서 무슨 상이라도 받아오면 아버지는 항상 악수하자고 먼저 손을 내밀었다. 아버지는 '니가 내 희망이다'라고 하며 나를 자랑스러워했다.

어색한 악수였지만 아버지는 그렇게 나의 자존감을 높여주었고 은연중에 내가 마음만 먹으면 무엇이든지 할 수 있을 것 같은 기분을 느끼게 해주었다. 그럼에도

나는 아버지가 어려웠다.

아버지가 등목을 마치고 방안에 들어간 것을 확인한 나는 어머니 곁으로 조용히 다가갔다.

"엄마!"

"왜"

"애들이 방학 때 다 학원가서 공부하는데 나도 다니고 싶어."

"학원?"

"응."

"학교에선 대체 뭘 했기에 비싼 돈 쥐가며 학원이래?"

"방학 때 다들 학원에 가서 더 공부한단 말이야. 엄마 앙."

무슨 바람이 불었던지 기억이 잘 나지 않지만 학원이라는 곳을 다녀 영어를 제대로 공부해 보려는 마음으로 나는 돈 없다는 엄마에게 온갖 아양을 떨었다.

"아버지가 동네방네 니 자랑만 하고 다니는 거 알지?"

"아버지 좀 그러지 말라고 해……. 그냥 좀 하는 것뿐이지. 진짜 공부 잘하는 애들이 들으면 웃어."

나는 상체를 앞뒤로 흔들며 진짜 싫다는 투로 그렇게

말했다.

"그래도 이 가재미 마을 촌구석에 너만큼 공부 잘 하는 애 있으면 나와 보라고 해. 철마다 상 타오는 게 그게 쉬우냐? 맨날 그 소설책 나부랭이나 읽는 거 같은디 상 타오는 거 보면 신통하단 말이지. 필시 엄마 닮아 머리가 좋은가벼."

어머니는 어린아이처럼 들떠 그렇게 신나게 말해놓고 몸뻬 바지 깊은 곳에서 학원비를 꺼내 주었다.

어머니는 꼬깃꼬깃 구겨진 지폐를 일일이 펴주며 말 한 마디를 더 보태주었다.

"이왕 하는 거, 돈 아깝지 않게 열심히 혀라."

"응."

고생만 하는 어머니에게 미안한 마음이 들었지만 돈을 받아든 나는 그 길로 시내의 한 유명한 학원으로 가서 영어 수강 신청을 했다.

처음으로 학원이란 곳을 찾아간 나는 어떤 기대감에 부풀어 있었다.

수강 신청을 한 나는 시간표를 확인하고 강의실을 찾았다. 복도를 지나 계단을 오르니 오른쪽의 첫 번째 강의실이었다. 강의실에는 낯선 철제 의자들이 있었고 남녀학생들 몇이 흩어져 책을 보고 있었다.

나는 강의실 중간 어디쯤 자리를 잡고 앉았다.

여중을 졸업하고 여고를 다니던 나는 까까머리 남학생들 근처에 가본 일이 없었다. 내 또래의 남학생들과 함께 한 강의실에서 공부하는 것은 어쩌면 새로운 경험이었다.

시간이 되자 학생들이 하나 둘 몰려와 강의실을 가득 메웠다.

영어수업이 시작되었다.

수업은 먼저 산의 전체 모양을 보여주고 그 다음은 숲 속으로 그리고 나무를 보여주는 식의 수업을 했다. 그러다 보니 문법에 있어 전체적인 구도를 알고 듣는 나무와 꽃들의 세세한 내용은 그리 어렵지 않아 보였다. 첫 영어 수업은 그렇게 전체적인 구도와 맥락을 잡아주는 데서 시작했다.

첫 수업 시간에 온전히 몰두한 나는 공부가 끝나자 뿌듯한 마음으로 집을 향했다.

영어강사님의 피를 토하는 듯한 열강도 좋았고 남녀 학생들의 풋풋하면서 그 이상야릇한 열기도 좋았다. 왠지 얼굴을 들 수 없던 그 수줍음 사이에 온 신경으로 느껴지는 까까머리 남학생들의 시선들도 신선했다.

그러나 이제 진짜 공부를 해야 할 시기이기에 다른 것은 잠시 접어두기로 마음을 먹었다.

대학이라는 데가 어떤 곳인지 왜 가야 하는지 막연했지만 많은 학생들이 그곳을 가기 위해 학습을 하는 만큼 나 또한 그 흐름을 따라가야 했다.

땀을 삐질삐질 흘리며 대문 안으로 들어선 나는 처마 밑 그늘진 곳으로 뛰어들었다.

"왔냐? 어쩌더냐?"

마루에서 파를 다듬던 어머니가 궁금해 하는 얼굴로 집에 돌아온 나에게 하는 말이었다.

"선생님이 잘 가르쳐주니까 귀에 쏙쏙 들어와."

나는 그렇게 말하고 더위에 지쳐 마루에 털퍼덕 누워버렸다.

소나무로 만든 오래 된 대청마루가 시원했다. 나무에서 전해오는 냉기로 온몸이 찌릿찌릿했다. 대자로 몸을 뻗자 긴장했던 몸과 마음의 피로가 아이스크림이라도 녹듯 스르르 풀리는 것만 같았다.

서까래 밑에 지어진 제비집이 눈에 들어왔다.

제비 어미가 먹이를 물고 날아오자 새끼들이 저 먼저

먹겠다고 요란한 소리를 냈다. 어미는 제일 길게 목을 뺀 제비 새끼에게 먼저 먹이를 던져주고 다시 둥지 밖으로 날아갔다.

주홍색 입을 벌리는 새끼들 주둥이가 마치 여린 진달래 꽃잎 같다는 생각이 들었다.

"그려, 다행이다. 딸만 내리 다섯 낳아 니네 아부지에게 미안혔는디 너라도 공부 잘혀서 아버지 원 좀 풀어드려라. 아버지가 어려서 부모 여의고 배운 게 없어 한이란다."

어머니는 다듬은 파를 갈무리하며 그렇게 말했다.

"어."

"전쟁 통에 얼마나 고생 했을꼬……."

"어."

나는 수백 번도 더 들었을 어머니의 레퍼토리에 습관처럼 답하고 가방을 질질 끌며 건넌방으로 기어갔다.

"쯧쯧, 얼라 얼라? 덩치는 산만한 것이……."

어머니가 망아지같이 기어가는 내 모양을 보며 혀를 찼다.

"아, 힘들어."

나는 그렇게 말하고 격자무늬 여닫이문을 닫았다. 그

리고 못쓰게 된 바지를 아무렇게나 잘라 반바지로 만든 바지로 갈아입고 방에 벌렁 누워 천장을 바라보았다.

기분 좋은 학원의 낯선 풍경이 뇌리를 스쳐갔다.

나는 누워서 오래 된 시집 몇 쪽을 읽다 책을 든 팔뚝이 아파오자 시집으로 얼굴을 덮고 그대로 잠이 들어버렸다. 어머니의 밥 먹으란 소리에 어렴풋이 잠이 깼지만 까무룩 다시 잠들어 버렸다. 이내 영어 강사의 강의 소리가 설핏 들려오는 것만 같아 잠이 깼을 때는 이른 새벽이었다.

여닫이문을 열어보았다. 시원한 새벽 공기가 방안으로 밀려들어왔다. 검푸른 하늘에는 보석이라도 뿌려놓은 듯 수많은 새벽별들이 아직도 하늘을 밝히고 있었다.

'아, 이 얼마나 숨 막히게 아름다운 하늘인가!'

나는 크게 숨을 들이마셨다. 저 별 어딘가에서 왠지 어린왕자와 꽃의 대화가 들리는 것만 같았다.

아버지가 리어카에 야채를 가득 싣고 새벽같이 시장에 나갈 때가 있었다.

나는 가끔씩 어머니를 도와 졸린 눈을 비비며 리어카를 밀어준 적이 있었다. 내 손은 리어카를 밀고 있었지만 그때도 나의 눈은 항상 저 새벽하늘을 향하고 있었다. 새벽하늘을 올려다 볼 때마다 별들 사이에 숨어있는 수많은 동화 주인공들의 이야기가 들리는 것만 같았다.

나는 그때마다 나의 마음도 저 하늘을 닮아 항상 아름답고 풍요롭기를 바랐다.

아침이 되자 찌는 더위였다.

나는 책을 담은 언니의 패션 보조가방에 청바지와 가벼운 티셔츠 차림으로 집을 나섰다.

고르지 못한 도로 탓인지 버스는 덜컹거렸다. 버스에서 내리자 때마침 소나기가 후두둑 떨어지기 시작했다.

학원을 향해 뛰었다. 비 맞은 나는 학원 화장실의 싸구려 휴지로 빗물을 털어내고 강의실로 향했다.

학원 강의실 안은 서서 잡담하는 아이들 몇과 수업 시작을 기다리며 자습을 하는 아이들 몇으로 나뉘어 있었다. 서서 잡담하던 남학생 몇이 내가 강의실 안으로 들어서자 흘끔흘끔 쳐다보았다.

소극적인 나는 내 성격과 비슷하게 전 날에 앉았던 중간 어디쯤의 자리를 잡고 앉았다.

그 순간 예의 남학생들의 '빨리 앉아.' 하는 목소리가 나지막이 들려왔다. 그때 괴짜같이 보이는 한 남학생이 나의 앞의 옆자리에 슬그머니 자리를 잡고 앉았다. 그러고는 마치 나 좀 보란 듯이 요란하게 학원 수업 교재인 '성문종합영어'라는 책을 펴고 무엇인가를 중얼중얼 외우기 시작했다.

나는 고개를 기울여 대각선에 앉은 그 남학생의 옆모습을 신기한 듯 훔쳐보았다.

내 또래의 남학생을 그렇게 가까이 보기는 처음이었다. 총명해 보이는 남학생은 왠지 길들여지지 않은 야생마같이 거침없어 보였다. 큰 키에 듬직한 느낌의 풍채, 그야말로 처음 구경하는 남자 사람이었다.

그날 내 눈 안에 한 남학생이 들어온 것이었다. 수업 시간 내내 그 남학생이 신경 쓰였다. 살아 숨 쉬듯 듣는 진지한 수업 태도에 나도 덩달아 그에게 질세라 더 열심히 수업을 듣게 되었다.

남학생은 그 후로도 내가 자리를 잡고 앉으면 항상 내 앞 대각선 어디쯤에 자리를 잡고 앉았다. 나의 시야각에 들어오는 자리였기에 여간 신경 쓰이는 것이 아니었다.

어느 날 나는 대각선의 앞자리에만 앉는 그 남학생을 신경 쓰다 그만 볼펜을 떨어트렸다. 볼펜은 속절없이 굴러 그 남학생 발끝까지 굴러갔다.

"저기……."

내가 그렇게 중얼거리듯 다 말하기도 전에 남학생은 벌써 보고 있었다는 듯이 볼펜을 주워 나에게 건네주었다.

옆자리에 앉은 같은 학교 친구 진숙이가 재미있다는 듯 내 옆구리를 콕콕 찔렀다.

나는 진숙이의 방정맞은 손을 가만히 있으라는 신호로 꾹 눌러 잡아주었다.

"야! 내 볼펜도 주워주나 볼까?"

내가 말릴 틈도 없이 그 남학생 뒤에 앉은 진숙이는 남학생 쪽으로 볼펜을 슬쩍 밀어 던졌다.

"저기요, 볼펜 좀……."

진숙이가 그렇게 거리낌 없이 그 남학생에게 말을 걸었지만 남학생은 못 들은 것인지 못들은 척하는 것인지 책만 볼 뿐이었다.

"어머머!"

진숙이는 그렇게 나에게 조용히 말하고 입술을 삐죽이며 재 아니라는 표시로 가위표를 해 보였다.

그러나 나는 그 상황이 재밌어 그저 웃기만 했다. 진숙이는 하는 수 없이 한 쪽 다리를 길게 빼어 신발 끝으로 볼펜을 끌어 당겼다.

어느 날이었다. 수업시간이 시작되었는데도 그 괴짜 같이 보이는 남학생은 웬일인지 눈에 띄지 않았다. 궁금해진 나는 몸을 돌려 교실 전체를 휘둘러보았다. 그 남학생은 이상하리만치 보이지 않았다.

쉬는 시간이 되자 나는 화장실을 핑계로 자리에서 일어나 교실 전체를 휘둘러보았다. 바로 그때 나는 내 뒷자리에서 희미하게 웃고 있는 그 남학생을 보게 되었다. 내가 화들짝 놀라고 있을 때 남학생의 친구들 몇이 순식간에 그 남학생에게 달려들며,

"현수 이 자식! 다시 봤어."

하며 호들갑을 떨었다.

나는 도둑질이라도 하다 들킨 사람처럼 도망치듯 교실을 빠져나와 화장실로 숨어버렸다.

눈치 빠른 진숙이가 나를 따라 나와 역시 호들갑을 떨었다.

"쟤 상현고 탑이라는데 너한테 관심 있는 거 아냐?"

"설마……."

나는 그렇게 옹알거리듯 말하고는 발그레 달아오른 얼굴을 감쌌다.

'이름이 현수였구나.'

"너는 어떤데?"

"응? 난 뭐 그냥……."

나는 붉게 달아오른 얼굴을 진정시키며 그렇게 대답했다.

"얼굴에 나도 관심 많음이라 씌어 있는데? 이런 내숭……. 근데 재 성격이 좀 그래 보이지 않냐? 나쁜 남자 필이야."

"그래? 어딜 봐서?"

"딱 보면 안다. 하긴 나쁜 남자가 매력은 좀 있지."

"어이구, 나쁜 남자 옆에도 못 가본 애가 무슨 소릴."

"호호 간접 경험이 있잖아. 나는 안소니보다 테리우스."

진숙이는 한때 소녀들에게 열풍을 일으켰던 만화책 '캔디'의 남자 주인공 테리우스를 아쉬워하며 꿈에 부푼 듯 그렇게 말하고 웃었다.

"테리가 좀 멋있긴 해."

나도 진숙이의 말에 동조하며 웃었다.

우리는 그렇게 화장실 밀담을 즐겁게 나누다 종이 치자 멋쩍은 얼굴을 하고 다시 강의실로 들어갔다.

쉬는 시간이 지나고 다시 수업이 시작되었다.

강사님은 짧은 시간에 많은 양을 쏟아 부어 주었다.

나는 수업에 집중해 보려 애썼지만 나의 뒤통수는 무언가에 데인 듯 화끈거려 왔다. 현수라는 남자 애가 나의 뒷자리에 앉아 있는 것은 더 신경 쓰이는 일이었다. 나는 그 시간 필사적으로 노트 정리를 해야만 했다.

그 후로 현수라는 남학생은 늘 내 뒷자리에 앉았다. 내가 자리를 옮겨 앉아도 내 뒷자리는 항상 현수라는 남학생의 몫이었다.

현수 친구들은 쉬는 시간마다 현수 자리에 몰려들어,

"가방에 강아지 그림이 있네."

등 주로 나의 옷차림과 물건들에 대해 저희들끼리 수군거렸다.

정도가 지나치다 싶으면 현수라는 애는,

"야야!"

하며 친구들을 몰아 강의실 밖으로 쫓아내 버렸다.

그 후 진숙이는 틈만 나면 '들은 이야긴데' 하며 현수라는 애가 공부는 잘하는데 성격이 아주 지랄 맞다는 등, 자기 보는 눈이 정확하다는 등, 온갖 호들갑을 떨며 현수에 대한 정보를 쏟아냈다.

그러나 진숙이가 현수라는 애의 그런 단점을 쏟아내

더라도 사실 나는 그런 말들이 들리지 않았다. 그런 단점조차도 좋아 보였다.

그러다 현수와 나의 눈빛이 번개처럼 부딪힐 때가 있었다. 그러면 나는 홍당무같이 변한 낯빛으로 이내 고개를 숙였고 현수도 재빠르게 고개를 숙이거나 다른 곳으로 시선을 옮겼다.

우리는 서로 그렇게 내외하며 이제 막 꽃망울이 터질 듯한 고2 여름방학을 보내고 있었다.

학원 종강을 하루 앞둔 날이 되었다.

한 달을 어떻게 지나왔는지 모를 일이었다. 나는 좀 아쉬운 마음이 들었다.

쉬는 시간이 되어 화장실에 다녀온 나는 강의실에 들어섰다. 그때 볼일이 있는지 현수라는 친구가 문을 나오다 나와 부딪쳤다. 내가 한쪽으로 길을 피해 주자 현수라는 애도 같은 방향으로 자리를 피해 주었다. 우리는 그렇게 서로에게 같은 방향으로 길 내주기를 반복하다 그만 멋쩍어졌다. 현수는 나를 보며 오른쪽에 서 있겠다는 눈빛을 보냈다. 나는 그 뜻을 알아듣고 왼쪽으로 들어갔다.

야생마와 같이 거침없어 보이는 분위기였지만 엷은

미소 섞인 그 눈빛에 가슴이 두근거려 왔다. 그러나 내일이면 이런 기분도 이제 끝이었다. 김현수와 마지막인 것이다. 나는 다시 여고로 돌아가 일상에 파묻힐 것이었다.

가정 형편이 좀 나은 아이들은 계속 학원을 다니겠지만 나는 고생하는 어머니에게 더 이상 돈을 타내고 싶지 않았다.

그러나 다행인 것은 이제 영어에 대해 전체적인 체계가 잡혀 혼자서도 충분히 공부할 수 있을 것 같다는 것이었다.

학원에 다녀온 나는 툇마루에 앉아 힘없이 이런 저런 생각을 하며 마당에 심겨진 두 그루의 키 낮은 포도나무를 보았다.

산신령의 지팡이라도 되는 듯 굽고 단단한 나무 가지에 포도 알이 한창 검붉게 익기 시작했다.

아이 때는 저 포도나무 밑에 방을 만들고 포도로 밥과 반찬을 만드는·소꿉놀이도 제법 했던 기억이 있다.

낮은 담장 너머 멀리 마을 지평선이 보였다. 초저녁 노을이 붉게 물들어 오자 어디선가 향긋한 밥 내음이 나기 시작했다.

"민지야."

"응, 엄마."

"니 아부지 저짝 정류장 근처 새로 생긴 과부네에서 술 드시나 보다. 어여 가서 모셔 오니라."

"내가?"

심부름 가기 싫은 마음에 재차 하는 반문이었다.

"그럼, 엄마가 가랴?"

"후우!"

한숨이 절로 나왔다. 한창 만화 같은 애틋한 로맨스 감정에 젖어 있었는데 내 현실은 술 취한 아버지의 시중들기였다.

나는 골목길을 따라 타박타박 흙길을 내려가다 최근에 포장된 신작로의 콘크리트길에 발을 올려놓았다.

'과부네라⋯⋯.'

어딘지 모르게 아버지와는 어울리지 않는 이름 같았다.

'과부네'란 이름은 왠지 나 임자 없으니 마음대로 놀다 가세요 같은 경박한 느낌을 주었다.

그런 생각을 하다 도착한 곳은 주점 '과부네'였다. '과부네'는 30분에 한 대씩 오는 버스 정류장 근처에 있었다.

　주점은 성냥갑같이 네모반듯한 벽돌집에 회색 시멘트가 덧발라져 있었고 그 위에 '과부네'라는 상호가 검은색 페인트로 삐뚤빼뚤 세로로 씌어 눈에 띄었다.

　전면에 달린 미닫이 유리창 안을 기웃거려보았다. 아버지가 또 술을 마시고 있었다.

　'무엇이 그리 아버지를 취하게 만들까?'

　나는 고기 비계 덩어리라도 잡듯 과부네 유리 미닫이문을 끔찍하게 여기며 엄지와 검지로 창문 나무 살을 살짝 잡고 옆으로 밀어냈다.

　그러고는 계단 한 칸을 올라 빠끔히 얼굴을 들이밀어 아버지를 불렀다.

　"아부지! 엄마가 오시래요. 식사하시라고……."

　"우리 딸 왔네. 어이 김 과부! 우리 집 공부 잘 하는 딸이여. 핵교서 타온 상이 제법 되지."

　나는 또 멋쩍어졌다.

　제대로 공부다운 공부를 해 본 적은 없지만 어찌되었든 우등상은 타오니 공부 잘하는 딸이라기보다 운 좋게 시험을 잘 보는 딸이 맞겠다.

　"아! 맨날 자랑하던 그 딸? 참하게도 생겼네."

　김 과부라는 술집 주인이 콧속에 잔뜩 기름을 바르고 하는 말이었다.

　아마도 김 과부는 몸 안에 반질거리는 기름이 넘쳐 주체하지 못하는 것처럼 보였다. 듣기만 해도 목소리가 느물거리는 것이 온 몸이 미끄덩거리는 생미역의 점성 같기도 했다.

　"암먼 참하지 참해. 전쟁 때 돌아가신 우리 어머니도 양반집 규수로 태어나 참말로 참하셨는디……. 김 과부! 우리 부모님 돌아가시고 내가 어떻게 살았는지 아는가?"

　아버지는 김 과부의 교태 섞인 칭찬에 절로 흥이 나는지 술을 마시면 늘 하는 노래의 일절을 말하기 시작했다.

　나는 아버지의 말을 귓등으로 들으며 자리에서 일어나주기만을 기다렸다.

　"민지야, 너 먼저 가그라. 애비가 금방 따라간다고 엄마에게 전하고."

　지루하여 발끝으로 땅바닥을 톡톡 치는 내 모습을 보고 하는 아버지의 말이었다.

　"예."

　나는 어찌 됐든 심부름을 하였으니 콧노래를 불러가며 신나게 집을 향해 걸었다.

　어머니는 탈래탈래 혼자 집에 들어오는 딸을 보고 내 그럴 줄 알았다는 투로 분을 삭이며 알아듣지 못할 몇 마디 말을 중얼거렸다.

　"배고프겠다. 어서 밥이나 먹그라."

　"예."

　노을은 이미 지고 없었지만 가마솥에서 방금 나온 고소한 밥 내음이 나를 반겨주었다.

　나는 밥상을 물리고 툇마루에 앉아 밤하늘을 올려다보았다.

　8월 말이 되자 저녁이면 선선한 바람도 제법 불었다. 검푸른 실크 같은 하늘 위에는 마구 뿌려놓은 보석과 같은 별들이 저마다 빛을 내고 있었다. 반딧불이도 가끔 제 몸을 밝히며 하늘을 향해 날다 다시 내 머리 위로 내려오곤 했다.

　아, 나는 이 순간에 불현듯 중얼거리며 무엇인가 외우는 모습의 김현수가 생각나 순간 웃어버렸다.

　내가 스스로의 모습을 자각하여 놀라고 있을 때 어머니가 지나가며 나를 훑어보았다.

“뭐가 좋아 그러고 있다냐?”

아버지의 술 때문에 잔뜩 예민해진 어머니의 말은 곱지 않았다.

“아아니…….”

“어여 들어가 자라. 엄마는 아부지한테 댕겨올란다.”

“응.”

어머니는 그렇게 말하고 한판 싸워 보겠다는 비장한 표정을 하고 밖으로 나갔다.

아마도 회한에 젖은 아버지와 엉겨 붙듯 흐늘거리는 김 과부는 어머니에게 혼꾸멍날 것 같은 예감이 들었다.

나는 건넌방으로 들어가 집에 굴러다니던 외국 로맨스 소설을 읽다 잠이 들었다.

얼마가 지난 후 안방에서 아버지와 어머니의 티격태격 싸우는 소리가 잠결에 어렴풋이 들려왔다. 아버지가 또 술이 떡이 되었을 거란 생각이 들 때 다시 어머니의 늘 하는 불평이 들려왔고 아버지의 화내는 소리도 들려왔다.

아버지는 이내 과거의 어떤 기억에 사로잡혀 울었던 것 같았고 나는 자세한 사연은 알지 못하지만 아버지가 좀 안쓰럽다는 생각을 잠시 했다. 그러고는 까무룩 잠이

들다 아버지 어머니의 말소리에 다시 깨곤 했다.

간밤에 잠을 설쳤지만 나는 이튿날 좀 일찍 일어났다. 부지런한 농부인 아버지와 어머니는 언제 그랬냐는 듯 이미 논밭으로 나가고 없었다. 햇볕이 뜨거워지기 전에 한바탕 일을 끝내고 집으로 돌아올 것이었다.

나는 차려놓은 밥을 먹고 평소보다 일찍 집을 나섰다. 학원 종강이기도 했지만 어쩌면 김현수를 더 오래 보고 싶은 내면의 생각이 나를 이른 아침부터 움직이게 한 것 같다.

학원 강의실에 도착했다. 그런데 놀랍게도 김현수가 홀로 빈 강의실에 앉아 공부를 하고 있었다.

'어디로 가서 앉아야 할까?'

항상 내가 자리에 앉으면 김현수가 내 뒷자리에 앉곤 했었는데 어떻게 해야 하나, 나는 잠시 망설이다가 뭐 마지막인데 하는 마음으로 용기를 내어 김현수 앞자리로 가서 앉았다.

순간 김현수의 낮은 웃음소리가 들려왔다. 앞을 보고 있던 나도 같이 미소를 지었다. 나는 그렇게 책을 보는 듯 현수를 느끼며 행복한 시간을 보냈다.

잠시 후 아이들이 하나 둘씩 강의실로 몰려왔다.

"오! 이 분위기 뭐지?"

"그러게."

"뭔가 달달한 것 같기도 하고."

현수 친구들이 저희들끼리 낄낄거리며 현수에게 놀리듯 한 마디씩 했다. 그러고는 현수 옆자리에 앉아 어깨동무를 하고는 뭔가 거사라도 도모할 듯 무언가를 속닥거렸다.

수업시간이 시작 되자 영어강사가 좀 아쉬운 표정으로 교탁에 섰다. 시끄럽던 아이들은 언제 그랬냐는 듯 곧 수업에 집중했다.

마지막 수업이었지만 아이들 몇몇은 개학 준비로 바쁜지 더 이상 볼 수 없었다. 진숙이 또한 학교 청소 당번이었기에 학원의 마지막 수업을 결석하고 말았다. 방과 후 야간 시간의 강의를 신청한 아이들은 마지막 수업에 흥미를 잃었을지도 몰랐다. 그러나 나는 한 시간 한 시간이 중요했고 아쉬웠다.

학원 수업이 종강되자 아이들이 현관문으로 우르르 몰려나갔다.

호랑이 장가가는 비가 내렸다. 아니 여우가 시집가는 비였나? 나는 학원 처마 밑에 서서 하염없이 내리는 늦

여름 소나기를 바라보았다. 물줄기가 어지간히 굵고 힘 있어 콘크리트 바닥에 닿자 다시 튕겨 올라 동그란 포말을 그렸다.

비 그치기를 기다리던 학생들 중에 성질 급한 몇몇은 빗속을 뚫고 버스 정류장까지 뛰어갔다. 그러나 대부분의 학생들은 헤어짐이 아쉽기나 한듯 비가 그쳐주기만을 기다리며 이야기꽃을 피웠다.

김현수와 친구들이 처마 반대편에 무리지어 서서 이쪽을 보았다.

나는 멋쩍어져 어디론가 숨고 싶어졌다. 진숙이의 결석으로 혼자였기 때문이었다. 나는 처마 밑에 쑥스럽게 서 있다 괜스레 하늘을 올려보기도 하다가 오른 뺨 쪽에 남학생들의 시선이 꽂히는 것을 더는 견디지 못하고 빗속으로 뛰어갔다. 장대비를 맞더라도 버스정류장까지 뛰어갈 생각이었다. 내가 뛰자 뒤에서 환호성과 휘파람 소리가 났다.

"와와와와!"

이유를 따져 볼 틈도 없이 비를 피해 골목길 모퉁이로 돌아서는데 거친 손길이 내 손목을 낚아챘다.

"저기요."

김현수가 빗속을 뚫고 달려와서 내 손목을 잡은 것이었다.

"어어어?"

갑작스러운 일에 당황한 나는 빗물이 미끄러워 몸의 중심을 잃고 비틀거렸다.

모퉁이를 돌던 나는 구심력에 의해 그대로 김현수 품 속으로 쓰러지듯 안겼다. 예상치 못한 일에 현수의 거친 숨소리가 코뿔소처럼 품어져 나왔다. 당황스럽기는 나도 마찬가지였다. 눈앞에 서 있는 현수의 존재로 나의 심장 소리가 터질 듯 두 방망이질이 쳐졌다.

우리는 빗속에서 그렇게 씩씩거리며 서로의 얼굴을 바라보았다. 현수 얼굴을 그렇게 자세히 본 것은 처음이었다. 현수는 짙은 눈썹과 선명하고 또렷한 눈빛을 가진 소년이었다.

현수로 인해 잠시 잊었던 한여름 소나기는 하염없이 머리와 어깨에 내려왔다.

"잠깐 이쪽으로……."

넋 나간 듯 김현수를 보고 있을 때 현수가 나의 손을 이끌고 어디론가 향했다.

우리는 비를 피할 목적으로 어느 빵집으로 뛰어갔다.

빵집 문전에 들어서자 비를 쫄딱 맞은 강아지처럼 온몸을 부르르 떨며 빗방울을 튕겨냈다.

"아! 차가워."

"춥지? 우리 안으로 들어가자."

현수는 마치 오랫동안 사귄 친구처럼 그렇게 말하고 먼저 안으로 들어갔다.

우리는 서로의 모습에 정겨운 동질감까지 느끼며 삐져나오는 웃음을 참고 창 넓은 쪽에 자리를 잡았다.

향긋하고 고소한 빵 냄새로 실내가 더욱 아늑하게 느껴졌다. 모양도 제각각인 기분 좋은 갈색 빵들이었다. 창밖은 여전히 비가 내리고 있었지만 빵집의 꿈결 같은 아늑함으로 내가 꿈을 꾸는 것이 아닐까 잠시 착각할 정도였다.

나는 비로 인해 드러나는 몸매의 실루엣을 감추기 위해 살그머니 티셔츠를 잡아당겼다.

"먼저 닦을래?"

현수가 주머니에서 체크무늬 손수건을 꺼내 주었다.

나는 뺨 쪽만 두드리듯 닦아내고 손수건을 돌려주었다. 현수는 내가 닦은 수건으로 자기 얼굴을 거리낌없이 쓱쓱 닦아냈다.

　나는 이 생소한 경험에서 몰려오는 수줍음으로 고개를 들 수가 없었다.

　"음음……. 첫날부터 너를 지켜봤는데……. 우리……. 사귀지 않을래?"

　나는 대답을 못하고 연신 얼굴만 붉혔다.

　"말로 안 해도 좋아, 좋으면 고개만 끄덕여 봐."

　나는 말 잘 듣는 아이처럼 망설임 없이 고개를 끄덕였다.

　"민지야!"

　현수는 그렇게 부르고 빙긋이 웃었다.

　나는 좀 수줍은 어조로 물었다.

　"내 이름 알아?"

　"그럼 건 기본이지, 너에 대해 어느 정돈 다 알아."

　현수의 이 말이 내 가슴에 알알이 박혀 별처럼 빛이 났다.

　"근데 너 오전에 왜 내 앞에 앉은 거니?"

　현수는 이유를 안다는 얼굴로 능글맞게 웃으며 물었다.

　"글쎄……."

　나는 짐짓 딴청을 피우며 그렇게 대답했다.

“내가 좋아?”

현수는 거침없이 그렇게 물었다.

나는 현수의 당당함에 대답을 못하고 그저 웃기만 했다. 현수도 따라 웃었다.

여고 시절, 드디어 나에게도 멋진 남자 친구가 생긴 것이다. 그것도 내가 처음부터 지켜보았던 사람이었다.

가로등 아래서

　우리는 일주일에 한 번씩 만나 온 시내를 돌아다니며 재잘재잘 이야기를 나누었다. 아니 현수보다 주로 내가 더 참새처럼 재잘거렸다.

　사실 이야기 내용은 별스러운 게 없었지만 현수랑 길을 거닐며 이야기한다는 것이 나에겐 서툴지만 어찌나 행복한 일이었는지 모른다. 미리 생각한 것을 이것저것 물어보면 현수는 대답을 잘 해주었고 현수도 끊임없이 이야기꽃을 피웠다. 우리는 수다쟁이들이었다. 학원에서 내외하는 동안 하지 못한 밀린 이야기들을 하며 시간을 보냈다.

　우리는 좁은 전주 시내를 돌고 또 돌았다. 우리가 할 수 있는 놀이는 주로 걷기였다. 시내 한복판을 걷다 외곽으로 빠지기도 하고 시장통을 통과하는가 하면 천변을 걸으며 괜한 억새풀을 꺾어 보기도 했다.

그러다 현수와 나는 토요일 오후에 시내로 몰려나와 주말을 즐기는 학교 친구들을 만나기 일쑤였다.

어떤 친구는 손을 흔들어 주는가 하면 어떤 친구들은 뭐가 그리 좋은지 우리를 보고 낄낄거리고 지나갔다.

"오오오오!"

현수는 친한 친구가 감탄이라도 하듯 그렇게 말하면 의미심장하게 하이파이브를 해주곤 했다.

나는 그 순간이 마냥 즐거웠다. 내 생애 낯선 일들의 연속이었지만 세상을 다 가진 듯 기뻤다.

얼마 후 우리는 함께 영화를 보러갔다.

"뭐 볼까?"

현수는 그렇게 내게 물으며 영화 포스터를 살폈다.

"탑건 어때?"

나는 그렇게 말하고 다른 포스터를 살폈다. 포스터에는 눈길 주기 민망한 농염한 포즈의 한국영화 '연산군', '아다다' 등이 있었고 좀 번잡한 내용일 것 같은 '백투 더 퓨처' 그리고 공군들의 이야기 '탑건' 등이 있었다.

현수는 연산군의 포스터를 장난치듯 가리켰다. 내가

당연히 가위표를 하자 현수는 날 보고 짓궂게 웃으며 이내 반원 모양으로 뚫린 유리창 안쪽 매표소 안내원에게 표를 신청했다.

"탑건 두 개요."

우리는 끊어주는 표를 받아들고 영화관 안으로 들어갔다.

육중한 느낌의 상영관 문을 열고 검은 벨벳 커튼을 젖혔다.

"안 보여."

"나도."

어두컴컴한 실내가 앞을 가렸다. 시간이 조금 지나자 동공이 커져 영화관 안쪽이 보이기 시작했다.

"민지야, 저 가운데 자리 맡자."

때마침 전 타임의 영화가 끝났는지 사람들이 몰려나오기 시작했다. 영화관 안은 혼잡했다.

좋은 자리를 먼저 잡는 사람이 임자였기에 영화관은 나오는 사람들과 들어가는 사람들로 붐볐다.

현수는 나를 양팔로 보호하듯 앞세우고 길을 뚫어보려 했지만 여의치 않자 내 손을 잡고 사람들 사이를 앞장서 비집고 들어갔다. 현수는 민첩하고 영리하게 사람들 사이에 들어가 자리를 잡았다. 우리는 관람하기에 가장 좋은 가운데 자리를 선점했다. 내가 현수에게 엄지를 들어 올리며 칭찬해주었다.

"와! 최고!"

현수는 별것도 아니라는 듯 오른쪽 입 꼬리를 올리며 서양 사람들처럼 어깨를 으쓱해 보였다. 나는 또 그 모양이 무척 보기 좋아 웃어주었다.

현수는 자리를 맡아 앉았지만 내 손을 놓아주지 않았다. 나는 대담하고 능글능글해 보이는 현수를 슬쩍 흘겨 보았다. 그렇지만 현수의 그런 행동이 싫지 않았다.

현수는 이런 나를 모르는 척 외면하고는 광고가 나오는 스크린만 바라보았다.

국기에 대한 경례가 끝나고 드디어 영화가 시작되었다. 현수와 처음으로 보는 영화였다. 그러나 영화의 내용이 무엇인지 도무지 집중할 수가 없었다. 어쩌면 당연한 일인지 모른다. 현수가 영화상영 내내 내 손을 잡은 채 놓아주지 않았기에 온 신경이 손에 가 있었기 때문이다.

나에게 현수의 존재는 컸다. 현수는 손에 땀이 차면 '이그 땀' 하며 자기 옷에 내 손을 슥슥 문지르고 또 놓

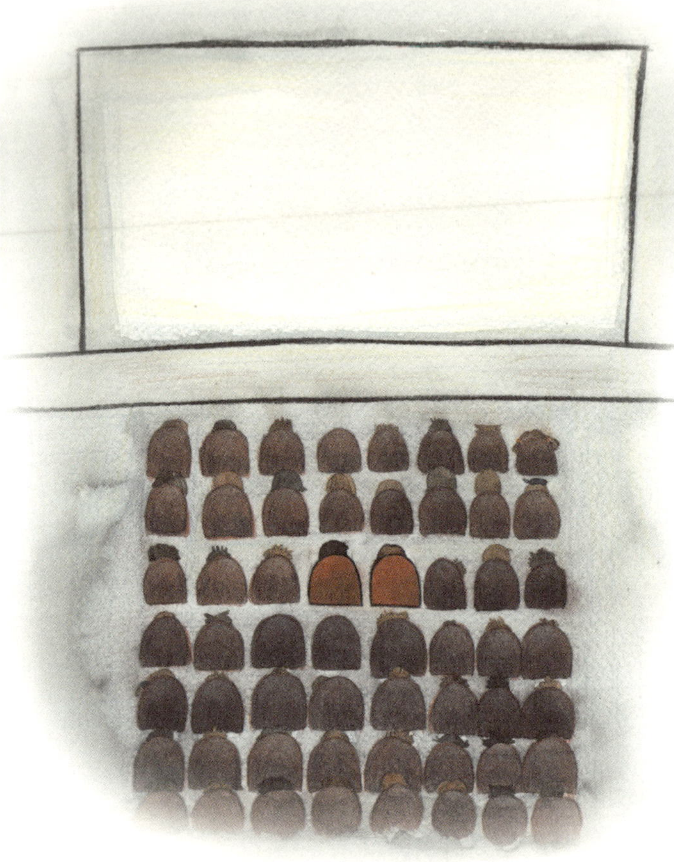

아주지 않았다.

영화상영 내내 정신이 아득해져왔다.

내가 정신을 차리고 영화에 겨우 집중했을 때는 영화 '탑건'의 후반부였다.

어찌어찌하다 남녀 주인공이 키스하는 장면이었던 것 같은데 나는 못 볼 걸 본 것처럼 안절부절못하다가 다른 한 손에 얼굴을 묻어버렸다. 그러나 나의 시선은 또 자석처럼 이끌려 손가락 사이로 펼쳐지는 키스 장면을 다 보고 있었다. 숨을 죽여 보았지만 탄식과 같은 한숨이 절로 흘러나왔다.

현수 또한 얼음이 되어 영화에 초집중하고 있었던 것 같았다.

짧은 키스신이 끝나자 나는 내심 안도의 숨을 내쉬었다.

우리가 영화관에서 나왔을 때는 붉게 노을 진 저녁이었다. 어스름한 하늘에 채송화 꽃같이 피어오른 노을을 배경으로 어디선가 불어오는 초가을 바람이 시원했다.

나는 '탑건'의 키스신으로 어색해진 채 현수와 간격을 두고 길을 걸었다.

"민지야, 너 아까부터 말도 없고……."

현수가 그렇게 놀리듯 말했다.

"내가 뭘……."

"얼굴 빨개진다."

"아냐."

나는 그렇게 말하면서 좀 빨리 걸었다.

"알았어. 같이 가."

현수는 애교라도 부리듯 한 마디 하고 나를 따라와 보폭을 맞추었다.

시내에 들어선 즐비한 가게를 지날 때 '나는 행복한 사람'이란 유행가가 흘러나왔다.

나는 정말 행복한 사람 같았다. 현수랑 걷는 이 길이 구름 위를 둥둥 떠가는 것만 같았고 내가 세상의 중심에라도 선 기분이 들었다. 이대로 지평선 끝까지 걸어도 좋을 것 같았다.

현수는 집 근처까지 바래다주겠다며 나를 따라 나섰다. 전주 시내를 벗어나 외곽에 이르자 멀리서 개 짖는 소리가 들려왔다. 행복한 감정에 그 소리도 정겨웠다. 어둠이 깊어지는가 싶더니 가로등이 불을 밝혔다. 이 또한 얼마나 낭만적인가?

나는 꿈 많은 여고 2학년이었다.

“민지야!”

현수는 인적 없는 골목길 가로등 아래서 내 손목을 살포시 잡아 돌려세웠다. 현수의 눈동자를 바라보았다. 눈동자 안에 내가 참 어정쩡하게 서 있었다. 나는 현수가 그 다음 무엇을 하려는지 본능적으로 알아챘다. 그러고 현수에게 자석처럼 딸려가 안긴 채 키스를 받았다. 서툴지만 두근거리는 첫 키스였다.

그 후로도 우리는 주말마다 만나 손을 잡고 온 전주 시내를 좁다고 돌아다녔다.

볕 좋은 가을 햇살 아래 우리의 청춘은 그렇게 무르익고 있었다. 그러던 어느 날이었다.

“민지야, 다음 기말고사 끝날 때까지 못 볼 거 같아. 나 시험 망쳤어.”

어느 날 시험 점수가 대폭 하락한 현수는 태어나 그런 점수 처음이라는 당혹스러운 얼굴로 나한테 이별을 선언했다.

“무슨 일이라도 있는 지 교장 선생님이랑 담임선생님이 놀라서 부르시더라.”

“응……”

나 또한 시험을 잘 본 것은 아니었지만 현수에게 왠지

미안한 마음이 들었다.

길을 걷던 현수는 또 알아들을 수 없는 혼잣말을 하며 불안한 듯 짜증을 냈다.

나는 괜스레 더욱 미안해졌다.

"나 여기서 그만 갈게."

"응? 응……."

현수의 말에 당황한 나의 어정쩡한 답이었다.

현수의 머릿속에는 무언가 복잡한 생각들로 가득한 것 같았다. 평소와는 다른 낯선 모습이었다.

"다음에 보자."

현수는 그렇게 말하고 무엇엔가 쫓기듯 오던 길을 돌아갔다.

나는 갑작스런 현수의 행동에 놀라 아무 말도 못하고 돌아가는 모양을 보고만 있었다. 길가에 버려진 기분을 애써 누르며 현수를 이해해 보려했다. 그러나 칼로 벤 것처럼 서서히 가슴이 쓰려오듯 아파왔다.

하늘은 구름 한 점 없었고 높고 맑은데 나의 마음은 복잡하게 얽혀놓은 실타래같이 마구 뒤엉켰다.

첫사랑

현수를 보내고 집으로 돌아온 나는 처음으로 제 각각 떠나는 인생길에 대해 생각해 보았다. 공부에 대해 압박을 받아 본 일이 없는 나는 왠지 경쟁이라는 거대한 톱니바퀴에서 한 없이 외로워졌다. 나는 욕심도 없고 뭐든 어설프고 단단하지 못하며 야무지지도 못했다.

내가 대청마루에서 그렇게 멍하니 시간을 보낼 때 어머니가 지나가면서 한마디 했다.

"표정이 왜 그냐?"

"어? 아니……."

나는 한없이 외롭고 막막했지만 아무 일도 없는 것처럼 그렇게 말했다.

나는 변함없이 생각하고 경험하고 커가고 있었지만

어머니는 나의 변화를 알아차리지 못하는 것 같았다.

"니네 아부지 또 술 자시나 보다. 볕 좋을 때 말리게 엄마랑 밭에 가서 고추 좀 따자."

"엄마, 나?"

"여기에 너 말고 누가 또 있냐?"

"민주는'?"

"언니 나 숙제하잖아."

시원한 방바닥에 배를 깔고 있던 막내 동생 민주가 자랑스럽게 노트에 무엇인가 쓰면서 하는 말이었다.

"엄마! 나도 공부해야 돼."

따가운 햇살아래 일하기 싫은 내 나름의 전략이었으나 어머니에게는 어림도 없는 말이었다.

"시끄럽고, 얼렁 일어나."

나의 생각을 단칼에 자르는 거부할 수 없는 어머니의 힘 있는 명령이었다.

하긴 공부를 한다고 책을 붙들고 있어도 지금 나의 산만한 머리엔 아무것도 들어오지 않을게 뻔했다.

"언제는 공부만 잘 하라며!"

그러나 내 생각과는 다르게 그렇게 나도 모르게 무언가에 울컥해져 성질을 있는 대로 부려 보았다.

"아, 이것이……. 오늘따라 왜 이런디야. 사춘기도 아니고……. 생전 안 하던 말을 다하네. 니가 시방 엄마 죽는 꼴 볼라고 그러는 거여?"

어머니가 그렇게 말하자 나는 또 내심 미안해졌다.

"아들 하나 없이 딸년들만 내리 다섯인디, 내가 누굴 믿고 살꼬. 시집가면 다 나 몰라라 할껄."

아들 못난 어머니의 입버릇 같은 하소연이었다.

"알았어."

"그래, 니네 언니들 시집가니 어디 코빼기라도 보이더냐? 뭔 일이나 있으면 쪼르르 달려와 엄마 속이나 썩히지."

"알았어. 알았어. 난 잘 할게."

나는 어머니를 달래듯 그렇게 말하고 자리에서 일어섰다.

어머니는 나의 말투와 행동에 기분이 풀렸는지 마다리 부대 몇 자루를 둘둘 말아 길을 앞장섰다. 나는 수건으로 머리를 덮고 어머니 뒤를 따라 털레털레 길을 갔다. 골목길을 내려가다 신작로를 거쳐 다시 뒷동산 밑에 있는 밭으로 올라갔다.

튼실한 고추나무 가지에 수없이 많은 붉은 고추가 주

렁주렁 달려 있었다.

'오늘 죽었구나.'

내가 속으로 한숨을 쉬고 있을 때 어머니는 나랑은 아랑곳하지 않고 고추를 따기 시작했다.

어릴 때부터 밭일, 논일에 틈틈이 동원되어 이 모든 일들이 익숙했지만 오늘 만큼만은 하기 싫은 일들이었다.

나는 마다리 부대를 질질 끌고 다니며 부대 배가 불룩해질 때까지 고추를 땄다.

농사일 돕는 것이 다반사인 농부의 딸에게 연애라는 감정이 어쩌면 사치 같다는 기분이 들었지만 소중한 꽃 한 송이를 보호라도 하듯 일하는 내내 그 감정을 지켜보려 노력했다.

그러나 그런 마음도 잠시였다.

나는 나의 손이 자동화된 기계처럼 무념무상의 기분이 들 때까지 일을 했다. 일에 지친 나는 어느새 현수을 잠시 잊고 있었다.

농부의 딸인 나는 그렇게 바쁘고 총천연색의 풍요로운 가을이 지나가기만을 학수고대하며 집안일을 도왔다.

11월이 되자 찬바람에 낙엽이 제법 흩날렸다.

깊은 가을 풍치가 짙은 외로움을 자아냈다. 어스름이 몰려오는 초저녁이 되면 가슴이 뻥 뚫리는 듯한 공허함을 안고 책을 보았다.

영어책, 수학책, 해야 하니까 하는 공부들, 이 모든 것들이 어서 빨리 지나갔으면 했다.

나는 참 어리석게도 나 자신을 위해, 어떤 미래의 꿈을 위해 공부하는 것이 아니었다. 언젠가부터 현수를 만나기 위해 공부를 했다.

그러다 그리움이 커지면 섬세한 감수성만큼 시를 썼다.

첫사랑

말랑말랑한 마음이
재잘재잘한 마음이
울컥울컥한 마음이
허망허망한 마음이

드디어 기말 고사가 끝났다.
현수를 만날 수 있다는 기대감에 부풀어 나는 아침부

터 사랑을 노래하는 유행가를 흥얼거렸다.

12월의 어느 토요일 오후.

나는 미리 보아두었던 언니 옷을 몰래 입고 집을 나섰다. 차가운 날씨에 잔뜩 찌푸린 하늘이 첫눈이라도 올 것 같았다.

시내는 이미 시험으로부터 해방감을 만끽하며 몰려나온 중고등학생들로 번잡했다. 내가 아는 학교 친구들도 간간히 보였다. 나는 친구들에게 가볍게 손을 흔들어주고 약속 장소로 향했다. 약속 장소에 다가갈수록 긴장감이 배가 되었다. 아직도 익숙하지 않은 감정들이었다.

현수는 빵집에 미리 와서 기다리고 있었다. 나는 현수를 발견하고 어정쩡하게 손을 흔들어 주었다.

"시험 잘 봤니?"

내가 앞자리에 앉자 현수는 짓궂게 웃으며 그렇게 물었다.

"첫 인사가 시험이네."

나는 뾰로통하게 답했다.

"학생이 그거 빼고 뭐 있어?"

"치이!"

"애들이 시험 끝나서 그런지 다 쏟아져 나온 것 같다

오늘.”

“그러게. 오늘 같은 날 눈이라도 펑펑 오면 좋겠다.”

나는 두 손을 모으고 꼭 그렇게 되기를 바라며 말했다.

“눈? 눈 오면 교통도 불편해지고 거리도 지저분해지는데?”

“눈 오면 세상이 하얘지니까 이쁘지. 뭐가 지저분하니?”

“아직도 애기 같긴……, 눈이야 올 때만 잠깐 좋을 뿐이지.”

“치이!”

낭만이라곤 하나도 없어 보이는 현수에게 나도 몰래 나온 말이었다.

“알았어. 예쁘다. 우리 나가서 걸을래?”

나는 현수의 말에 고개를 끄덕였고 우리는 빵집을 나와 시내를 거닐며 작은 해방감을 만끽했다. 우리는 그렇게 걷기만 해도 행복했다.

“우리가 온 전주 시내를 안 걸어 다닌 데가 없지?”

“응.”

“나 따라다니느라 우리 민지 종아리 두꺼운 거 봐라.”

"너어!"

나는 현수를 흘겨보았다.

"민지야, 그래도 내 눈엔 니가 제일 예뻐."

"뭐야."

나는 현수의 복잡해 보이는 속을 알 수가 없었다.

"아주 먼 훗날이 되어도 잊지 못할거야. 이 거리와 이 기분을……."

현수는 그렇게 말하고는 왠지 쓸쓸하게 웃었다.

"나도."

우리는 오래된 전동성당을 지나 조경이 잘 된 경기전으로 갔다. 역시 방학이라도 한 듯 해방감을 만끽하는 중고등학생들이 눈에 많이 띄었다.

우리는 사람이 한적한 경기전 안의 대나무 숲으로 장소를 옮겼다.

그때 거짓말같이 푹신한 목화솜 같은 함박눈이 펑펑 내리기 시작했다.

"와! 눈이다."

나는 감동하여 그렇게 말하고 하늘에서 내리는 눈을 올려다보았다.

"어? 진짜네!"

현수도 신기한 듯 하늘을 보았다.

"와! 진짜 눈이다."

나는 이내 작은 소원이 이루어진 기쁨에 환호성을 지르며 강아지처럼 제자리를 폴짝폴짝 뛰었다.

"민지야, 진짜 눈이 내린다."

현수도 첫 눈을 보고 좋았던지 좀 전의 말과는 다르게 나를 번쩍 들어 올려 안고 빙글빙글 돌았다.

"현수야, 내려줘. 내려달란 말이야!"

혹여 다른 사람이라도 볼까 부끄러운 나의 말이었다.

"누구 맘대로."

현수는 그렇게 한참을 돌다가 좀 힘들었는지 숨을 몰아쉬며 나를 내려놓았다.

어지러웠지만 첫눈만큼 기분 좋은 깜짝 선물이었다.

"아, 무거워……. 너 살 좀 빼라. 종아리는 일부 내 책임이지만 몸무게는 장난 아닌데?"

"치이! 너어?"

나는 얄미운 현수를 꼬집어주고 싶은 마음에 잡으려 했지만 민첩하게 피하는 현수를 잡지는 못했다.

현수는 대나무 숲 속을 요리조리 피해 다니며 나를 놀려댔다.

우리는 잠깐이었지만 학업으로부터 해방 시간을 놓치지 않고 남들이 보면 유치찬란하다 할 연애질에 푹 빠져 있었다.

이별 연습

기말 고사 결과가 나오자 현수는 다시 연락이 없었다. 아마도 만족스럽지 못한 결과가 나온 것 같았다.

꿈을 꾸는 듯한 나는 경쟁하는 모든 구도에서 도망부터 치고 싶은 마음이 컸지만 경쟁사회 안에서 모든 것이 단련된 현수는 누구에게 뒤처지거나 지는 것이 용납할 수 없는 일인가 보았다. 그렇게 나는 현수를 조금씩 알아가고 있었다.

나는 시간을 내어 공부를 해보았지만 그 보단 대학노트에 시를 쓰거나 방 안에 쌓여 있는 문학 서적 탐독에 마음이 더 가는 걸 이겨내기 힘들었다. 숙제 같은 공부를 조금 하고 나면 다시 소설책을 들고 있었다.

집 근처 도서관의 부재로 책 많은 부자 친구 집은 내게 꿀단지 같은 좋은 곳이었다.

오래 되어 종이 면이 누렇게 탈색되었지만 친구 집에 놀러갈 때 빌려 온 책들은 시간을 두고 반복해서 읽었다.

세계명작에 흔히 포함되어 있는 괴테의 '젊은 베르테르의 슬픔' 헤르만 헤세의 '데미안' 도스토예프스키의 '죄와 벌'을 읽고 또 읽었다.

'젊은 베르테르의 슬픔' 은 베르테르의 로테에 대한 연모의 마음이 남 같지 않아 죽음까지 내어주는 사랑을 곱씹어 읽게 되었고, 독어 선생님의 권유가 생각나서 읽은 '데미안'은 철학적인 내용이 많아 이해하기 버거웠던 걸로 기억하지만 데미안을 읽었을 때 기억나는 한 가지 느낌은 미완의 사람이 완성을 추구하기 위해 혼돈 속에서 발버둥치는 헤맴 같은 것을 느꼈다.

또 '죄와 벌'을 읽을 때 나는 죄를 지은 라스콜리니코프가 가엾다는 생각을 했다. 결국 벌은 남이 주는 것보다 자신의 양심에서 울려오는 죄책감에 떨며 불안 속에서 살아가는 것이 가장 큰 벌이기 때문이다. 네 이웃을 정죄할 수 있는 사람이 과연 몇이나 될까? 라스콜리니코프도 그것을 깨닫고 결국 자수하지 않았을까 하는 생각을 해보았다.

그렇게 문화가 다른 나라의 작품을 읽다 때로는 한과 해학이 넘치는 한국문학의 맛깔스럽고 질펀한 문장에 꽂혀 한국 소설 단편선만 골라 본 적도 있었다.

김유정의 개구진 해학과 이효석의 안타까운 한, 황순원의 순수함에 빠져 현실의 퍽퍽함을 잊고 살았다.

그 즘 책을 읽으면 대부분 주인에게 돌려주었는데 내 책장에는 돌려주지 않은 책이 한 권 있었다. '파우스트' 란 책이 그것이었다.

왜 '파우스트'를 돌려주지 않았을까? 곰곰이 생각해보았다.

내 기억에 '파우스트'는 이야기 주인공이 악마와 자기 영혼을 두고 거래하는 내용이었는데 어린 마음에 다음에 펼쳐질 내용이 두려워서 책장을 넘기지 못했었다.

'이 책 꼭 돌려줘야 해.' 하던 친구의 음성이 들려왔지만 나는 그 책을 앉은뱅이책상 어딘가에 숨겨놓고 읽지도 않고 돌려주지도 않았다.

'어떤 일이 있어도 영혼을 두고 악마와 거래하는 것은

글로도 용납하기 힘들어서였을까?'

읽을지 돌려줄지 결정하지 못한 채 시간 속에 파묻힌 '파우스트'란 책에게서 애써 눈길을 피해 나는 다른 책을 읽었다.

현수를 잊고 싶은 무의식의 발로로 책 삼매경에 빠져 있을 때 어느덧 고3을 앞둔 기나긴 겨울 방학도 지나고 있었다.

"언니야, 눈사람 만들자."

동생이 방에서 책만 읽는 나를 불렀다. 한지로 바른 격자무늬 여닫이문을 빼꼼 열어보았다.

동생은 마당에 쌓인 눈을 모아 눈사람을 만들고 있었다.

매서운 바람이 방안으로 몰아쳤다.

나는 아무 말 없이 동생 하는 모양을 구경만 했다. 동생은 이리 오라는 듯 손을 흔들고는 나뭇가지를 꺾어 눈사람의 눈과 코를 만들었다. 그러고는 어디론가 뛰어가서 빨간색 플라스틱 바가지를 가져와 눈사람 머리에 씌워주었다.

"내 솜씨 어때?"

"군인 아저씨 같다."

나는 그렇게 말하며 엄지손가락을 들어 올려줬다.

"언니야! 눈싸움 하자."

"싫어."

나는 따뜻한 방바닥에 그대로 앉아 게으름을 켜며 말했다.

"아앙!"

동생은 애교라도 부리듯 어깨를 흔들었다.

"싫어!"

만사가 귀찮은 나는 그렇게 단호하게 거절했다.

그러자 입을 삐죽이던 동생이 또 어디론가 사라졌다.

내가 다시 책을 읽을 요량으로 격자무늬 여닫이문을 닫으려 할 때 어디선가 나타난 동생은 제법 단단한 눈뭉치를 나에게 던졌다. 얼굴에 정통으로 맞았다. 둔탁한 차가움으로 얼굴이 얼얼해져왔다.

"야아!"

동생은 놀아주지 않는 나에게 '고거 쌤통이다.'는 얼굴로 웃고 또 웃었다.

나는 동생이 천진하고 눈처럼 깨끗하다는 생각을 잠시 했다.

그러나 나는 현수와의 한시적인 이별로 침울해지는

기분을 떨칠 수가 없었다. 얼굴에 묻은 눈을 떼어내자 눈물이 났다.

"언니 울어? 야! 그거 갖고 울어?"

동생이 놀라서 하는 말이었다.

장독대로 가던 어머니는 우는 나를 보고 동생 민주에게 혼을 내주었다.

"이 놈의 가시나가 등치는 산만해 갖고 공부하는 언니를 왜 울리고 그려!"

나는 그게 아닌데 하면서도 변명은 못하고 눈물만 자꾸 흘렸다. 내 의지와는 상관없이 눈물이 흘러내렸다.

"장난 좀 친 거 갖구 엄만, 맨날 언니 편만 들고."

동생 민주는 좀 억울한 듯 그렇게 말했다.

그러나 내가 무언가에 감정이 복받쳐 서럽게 울수록 쩔쩔 매던 동생은 어머니에게 강도 높게 야단 맞아야만 했다. 장난으로 시작했던 동생은 어머니의 강도 높은 꾸중에 억울함을 어찌하지 못하게 되자 기어이 울음보를 터트렸다.

"엄마는 언니만 딸이지?"

"이것이 그래도 엄마한테 대드네. 니가 항상 언니를 울리니까 그러는 거 아녀."

“민지야, 너 그게 아프다고 울어?”

억울한 동생은 다시 나에게 화풀이를 했다.

“이것이 언니한테 민지야? 어디 너 혼 좀 더 나 보고 정신 차릴래?”

동생 민주는 어머니에게 등짝 몇 대를 더 맞고서야 뒷마당 어디론가 모습을 감추었다.

나는 동생 민주에게 미안했지만 아무 말도 못하고 혼자 감정을 추슬러 보려고 애를 썼다.

매섭던 겨울 추위가 황량한 논밭에만 부는 것이 아니었다. 내 마음에도 그 바람이 불어와 마음을 헤집었다.

그러던 어느 날 현수는 내게 전화를 했다. 잠깐 보자고 했다. 가슴이 떨려왔다. 왠지 나에게 이별이 올 것 같은 예감이 들었다.

우리는 시내 빵집에서 만났다. 오랜만에 보는 현수는 좀 핼쑥해져 있었다. 자기 자리를 지키기 위해 그동안 공부만 한 모습이 영력했다. 사랑을 꿈꾸는 듯한 나에 비하면 현수의 눈동자는 선명하게 날 서 있었고 또 다른 청춘의 아름다움을 내품으며 예리한 보석처럼 빛나고 있었다.

“잘 지냈어?”

“…….”

나는 현수가 반가웠지만 서운한 마음이 들어 대답은 하지 않고 뾰로통하니 앉아 있었다.

“넌 맨날 나만 생각하냐? 니 얼굴에 그렇게 씌어 있다.”

현수의 말에 얼굴이 빨개진 나는 그만 고개를 숙였다.

“치이!”

“우리 빵 다 먹고 나가자.”

나는 고개를 끄덕였다. 현수는 나와 같은 나이었지만 훨씬 어른스러운 것이 마치 오빠 같은 느낌이었다.

우리는 전주 시내를 그저 말없이 걷다 자연스럽게 시내 외곽 주택가로 발걸음을 옮겼다.

이제 우리의 만남은 여러 가지 생각을 하게 했다. 마냥 즐겁기만 하던 만남이 아니었다. 우리들 앞에는 좋든 싫든 해야 할 일들이 있었고 그에 따른 결과에 책임도 져야 한다는 것을 알게 되었다.

지난번 첫 키스의 추억이 있던 전봇대가 보였다. 현수는 발걸음을 멈춰 서서 나를 심각한 표정으로 바라보았다. 나도 덩달아 심각하게 현수를 올려다보았다.

“잘 들어…… 민지야, 우리 이제부터 고3 1년간은 못 만나.”

내가 예상했던 말이었다. 나는 아쉬웠지만 현수의 말을 따를 수밖에 없었다.

당연한 결론이었다. 경쟁 속에 제각각 자신의 길을 찾아 떠나는 마당에 연애가 웬 말인가? 우리에겐 아직 과분한 감정들이었다. 그러나 후회는 없었다. 아주 특별한 경험이었고 선물과 같은 감정들이었다.

나는 말없이 고개를 끄덕였다. 현수는 나를 잠깐 안아 주었다.

“열심히 하자.”

“보고 싶을 땐 어쩌지?”

용기를 낸 나의 말이었다.

“1년만 참자.”

나는 어쩔 수 없는 현실에 고개를 숙였다.

“울지 말고, 공부 열심히 해. 우리 대학 가서 보자.”

현수는 잠시 동안 지그시 나를 보더니 그 말 한 마디를 남기고 왔던 길을 바람처럼 되돌아갔다.

나는 미동도 하지 않고 망연자실하여 그 자리에 서서 차가운 바람을 맞았다. 현수의 뒷모습이 어둠 속으로 사라지는 것을 지켜보았다.

현수는 한 번도 돌아보지 않고 아무런 감정이 없는 무
쇠처럼 앞을 향해 직진했다.

처음으로 한기와 같은 추위가 뼛속까지 파고들었다. 1
월의 차가운 칼바람이 가슴을 후벼 파는 것만 같았다.

어떻게 집으로 돌아왔는지 모를 일이었다. 나는 이불
을 뒤집어쓰고 아무도 몰래 흐느껴 울었다.

나의 고3은 그렇게 홀로서기의 시작이었다.

홀로서기를 시작하며

3학년 새 학기가 시작 되자 사뭇 달라진 분위기는 고3을 실감케 했다.

19세와 20세의 경계에 고3이 있었고 각자의 인생에 있어 어떤 길을 갈 것이냐의 첫걸음에 서서 아이들은 홍역처럼 몸살을 앓았다.

그쯤 어디에 나 또한 좋든 싫든 10대의 마지막 잔치에 참여해야 했고 걷든지 뛰든지 주어진 러닝 타임을 채워야 했다.

고3 전체 학생들이 의무로 참여하는 야간자율학습시간이 되었다.

내가 집중이 되지 않아 시집을 읽고 있을 때 앞자리에 앉은 진숙이가 조용히 한 마디 했다.

“너 뭐냐?”

“뭐가?”

“웬 시집?”

“집중이 안 돼서.”

“오! 여유 있는데? 현수랑 대학 가서 만나려면 이러면 안 되는 거 아냐?”

진숙이는 그렇게 놀리듯 말하고 숨을 죽여 킥킥 웃었다.

“재밌냐? 고만해.”

나는 그렇게 말했지만 열심히 공부하고 있을 현수가 생각나 슬그머니 시집을 덮었다.

“요거 한 번 들어볼래? 우리 오라버니 음반 새로 나왔다.”

진숙이는 이어폰 하나를 빼내어 내 귀에 꽂아주었다.

'가로수 그늘 아래 서면' 이란 노래가 강물이 되어 황무지같이 메마른 나의 마음을 적셨다. 적막하고 건조하던 교실에 밀물처럼 몰려오는 예민해진 감수성의 홍수로 눈물이 날 것 같았다. 이별을 노래하는 가사 하나 하나가 가슴속을 파고들었다.

나는 곧 이어폰을 빼버렸다.

"왜?"

"그냥."

더 들으면 진짜 눈물이 날 것 같았다. 교실 안을 둘러보았다.

아이들은 제각각 공부에 열중하고 있었다. 책장 넘기는 소리와 연습장 메우는 소리가 간간히 들려왔다. 아이들은 적막한 교실에서 잘도 버티며 공부하고 있었다. 나도 다시 고개를 떨어트리고 건조한 학습서를 보기 시작했다.

하교 후 집으로 돌아온 나는 시집 간 큰언니가 안방에서 아버지와 어머니에게 야단맞고 있는 소리를 들었다.

"김씨 집안으로 시집갔으면 죽어도 거그서 죽지, 서방이 지집질 한번 했다고 어딜 쪼르르 달려와. 달려오길……."

나는 건넌방으로 지나가려다 문틈에서 흘러나오는 어머니의 말 때문에 가던 길을 우뚝 멈춰 섰다.

"요즘이 어떤 시댄데 엄만……."

어머니의 꾸짖는 말에 언니의 흐느끼는 울음소리가 조용히 흘러나왔다.

"동네 사람들 알까 무섭다. 어서 그 입 다물고……."

　순박한 농사꾼들이 대부분인 동네 사람들은 아직도 이혼에 대해서는 보수적이었다.

　이유야 어쨌건 동네 사람들에게 흠 잡히거나 기죽고 싶지 않은 엄마는 자식 문제에 있어서는 필사적이었다.

　"하아!"

　아버지가 먼 산을 보며 내뱉는 한숨 소리였다.

　"오늘은 늦었응게 내일 아침 먹는 꼴로 애미랑 김서방 한번 만나 보자."

　"엄마아!"

　언니는 싫다는 투로 그렇게 매달렸지만 어머니는 단호했다.

　"자는 애기 깨니까 애는 여그다 놓고 너는 건넌방으로 얼렁 가기나 혀."

　문 밖에 있던 나는 엄마의 말소리가 끝나기 무섭게 내 방으로 냉큼 달아났다. 동생 민주가 여닫이문 밖으로 얼굴만 빼꼼이 디밀고 있었다. 나는 방으로 들어간 후 빨리 문 닫으란 신호를 보냈다.

　나와 동생은 우환에 잘못 끼어들었다간 불똥이 어디로 튈지 잘 알고 있었다.

　잠시 후 발뒤꿈치로 마루를 찍는 소리와 함께 큰언니

가 우리 방으로 따라 들어왔다. 언니는 숨길 것도 없이 가랑이 사이에 얼굴을 묻고 한동안 울었다.

언니는 밑으로 동생들 키우느라 학교도 제대로 못 다녔다고 했다. 큰언니가 가끔씩 그런 사실에 분통이 터질 때면 엄마에게 대들어 한바탕 소동을 일으키곤 했다.

그러나 나는 엄마나 다름없는 큰언니가 좋았다. 아직도 기억나는 것은 내가 무얼 잘못 먹고 토사곽란이 났을 때였다. 절인 파같이 몸에 기력이 다 빠졌을 때 큰언니는 나를 업고 동네 한 바퀴를 돌며 아픈 동생을 위로해 주었었다.

그런 언니가 세상이 끝난 것처럼 울고 있었다.

"큰언니……."

내가 위로할 수 있는 것은 고작 그 말뿐이었다.

언니는 나의 위로 따위는 아랑곳하지 않고 이불을 펴고 모로 누워 어깨를 들썩이며 울었다.

"형부 나쁘다! 어떻게 그럴 수 있지?"

구석에 앉아 흘러가던 모양을 지켜보던 막내 동생 민주가 입술을 삐죽이며 하는 말이었다.

"언니, 힘내."

동생 민주의 말에 나도 조심스럽게 한마디 덧붙였다.

"너네 다 셋째 방으로 가. 언니 혼자 있고 싶어."

울음에 지친 언니가 꽉 막힌 콧소리로 겨우 그렇게 말하고 있었다.

나와 동생은 하늘 같은 큰언니의 눈치를 보며 몇 가지 짐을 싸 셋째 언니 방으로 건너갔다.

'가지 많은 나무 바람 잘 날 없다'는 옛 속담처럼 부부싸움이라도 하면 곧장 친정으로 달려오는 둘째 언니, 어디에 내놔도 불안하다는 셋째 언니를 포함해 딸만 다섯인 우리 집은 정말 바람 잘 날이 없었다.

다음날 어머니는 새벽부터 큰언니를 깨웠다.

큰형부가 동 트자마자 집에 찾아와 마당에 무릎을 꿇고 잘못을 빌었던 것이다.

물론 나와 셋째 언니, 동생 민주는 여닫이문 사이로 그 광경을 보며 혀를 찼다.

큰언니는 어머니의 얼음장 같은 말도 있고 해서 싹싹 비는 형부를 못이기는 척 따라 제 집으로 돌아갔다.

어머니의 안도 섞인 장탄식이 있었고 아버지의 속을 알 수 없는 먼 산 바라보기는 계속되었다.

그리고 나는 한바탕 소동에 지각할세라 부랴부랴 집을 나서 학교로 향했다.

내가 집에 돌아왔을 때는 역시 늦은 밤이었고 집안은 여느 때와 별반 다르지 않았다.

아버지는 사랑하는 큰딸이 못내 안쓰러웠던지 기어이 속상한 마음을 술로 달래다 늦은 밤이 되어서야 귀가했다.

"내 한잔 했소."

학교에서 쓸 책 정리를 하고 있을 때 안방에서 들려오는 아버지 목소리였다.

"당신까지 허구한 날 이러면 내가 어떻게 살아? 제발 이러지마소!"

어머니는 좀 지친 듯 화를 내기보다 부탁이라도 하듯 그렇게 말했다.

"고 얼굴만 번지르한 김 서방 놈! 내 아침에 그 상판대기를 갈겨줄라다 포도시 참았고만."

새색시 같은 아버지는 술기운을 빌고서야 속마음을 토로했다.

"와서 비니께 어쩌것어요."

"그렇게 싸서 보내기 아까운 내 큰딸인디, 고놈이 주제도 모르고⋯⋯. 나쁜 놈의 시끼!"

"끝난 일잉게 어서 자요 이제. 새끼까지 있는디 워쩌

것어요. 참고 살아야지."

술 취한 아버지를 재우고 하루 종일 밭일, 논일에 피곤해진 몸을 쉬어 주고 싶은 어머니의 마음이 고스란히 전해져 왔다.

"하아! 우리 큰딸 민선이도 불쌍하고, 나도 불쌍하고, 돌아가신 우리 어머니도 불쌍하고."

한숨을 크게 몰아쉰 술 취한 아버지는 잘 생각이 없는 듯 혀 꼬부라진 소리로 그렇게 계속 하소연을 했다.

"어디 전쟁 통에 부모 잃고 혼자 된 게 당신뿐이래? 이제 당신도 부모니까 부모 노릇 잘 할라구 궁리를 해야지 궁리를……. 어디 언제까지 그럴 거래요. 당신!"

어머니는 아버지의 하소연 같은 옛 이야기가 이제는 듣기도 싫다는 말투였다.

"여보, 그렇게 말하지 마소, 그러면 내 마음이 더 슬퍼져……. 그날 아버지 따라 피란길에 나섰지. 사람들이 세간 살림을 이고지고 먼저 피란 가겠다고 난리도 아니었어. 어렸지만 지금도 생생하게 기억나는 건 폭격이 빗발처럼 떨어지고 고막을 찢는 굉음에 어린 내가 잠시 기절 했었지. 근데 눈 떠보니까 어머니가 나를 꼭 안고 돌아가셨더만……. 외동아들 살릴라고 당신의 몸을 방패

삼아 나를 안고 있다가 파편이 튀어 그리 된 거재……. 어머니도 어머니지만 여기저기에 공중 분해된 시체들, 굴러다니는 끔찍한 머리통들, 멀쩡하게 살아남 은 사람은 나 혼자뿐이더라구. 내 그걸 어떻게 잊을 수 있나 응? 아무도 몰라, 거기서 혼자 살아남은 이 심정을……. 시시때때로 그 장면들이 선명하게 되살아나 사람을 미치게 만드는데 나더러 어쩌라구……. 살아남은 게 참말로 더 힘들구만……. 나도 그때 확 죽었어야 하는디……. 참말로 그때 죽었어야는디…….”

안방에서 들려오는 아버지와 어머니의 대화였다.

아버지는 거기까지 말하고 감정에 복받치는지 말끝을 흐리며 기어이 우는 소리를 냈다.

‘술만 마시면 우시는 이유가 그거였구나. 아……. 내 아버지’

우리 식구 아무도 몰랐던 이야기였다.

나의 마음이 먹먹해져왔다.

할아버지, 할머니 돌아가시고 아버지가 어린 나이에 고생을 많이 했다는 이야기는 마르고 닳도록 들었지만 어떻게 돌아가셨는지 자세한 사정은 처음이었다.

아버지는 그 상처 같은 이야기를 차마 입에 담지 못하

고 마음 안에 곪고 삭은 아픔을 술기운을 빌고서야 눈물로 조금씩 분출했던 것이었다.

그 후 어머니의 한숨 소리만 간간히 들릴 뿐 더 이상의 말은 들리지 않았다.

이 집안을 지키기 위해 고군분투하는 어머니와 과거에 당한 끔찍한 경험에 사로잡혀 아파하는 아버지로 인해 나의 가슴은 새벽 내내 아려왔다.

기약 없는 이별

뜨거운 태양이 무엇이든 녹여 버릴 것 같은 여름이 지나고 가을이 왔다.

이제 수능도 얼마 남지 않았다.

일요일이었지만 학교에서 자율학습을 마친 나는 버스를 탔다. 버스는 현수네 학교를 지나치고 있었다. 나는 버스 창문에 머리를 기대고 멍하니 창밖을 보며 저기 어딘가에 현수가 있을 것을 상상했다. 그런데 뜻밖에도 거리를 걷고 있는 현수가 내 눈 안에 들어왔다.

늦은 오후 노을 속을 걸어가는 사람은 분명 현수였다. 나는 버스기사 아저씨를 급히 불렀다.

"아저씨! 아저씨! 저 좀 내려주세요. 아저씨!"

나는 다급하게 애원했다.

“정류장도 아닌디 내려달라 말라래, 학생 뭐 애인이라
도 봤어?”

버스기사 아저씨는 그렇게 말하고 제 말이 우스운 듯
혼자 낄낄거렸다.

“사정이 있는가 본디 이번만 내려줄게.”

버스기사 아저씨는 인심 좋게 차를 세워주었다.

“감사합니다.”

버스는 ‘치익’ 소리와 함께 잠시 가던 길을 멈추었다.
나는 마치 새처럼 버스에서 뛰어내린 후 대로를 무단
횡단했다. 급정거를 한 택시 운전수 아저씨가 내 뒤통수
에 대고 뭐라고 소리쳤지만 개의치 않았다.

현수는 학교를 향하고 있었기에 나 또한 본능적으로
현수네 학교 정문으로 뛰었다.

‘내가 왜 이럴까? 부끄러움도 모르고…….’

마음속으로 수없이 그렇게 힐문해 보았지만 현수를
그냥 한번 보고 싶을 뿐이었다.

현수의 발걸음은 빨랐다. 내가 아무리 뛰어도 따라잡
기는 역부족이었다. 현수가 학교 정문으로 들어서고 있
었다. 나는 숨을 헐떡이며 마른 입술로 현수를 불렀다.

“현수야! 현수야아.”

현수는 교문 안으로 한참을 걸어가다 희미한 내 목소리를 들었는지 뒤를 돌아보았다.

'아, 나는 어쩌면 좋아.'

현수가 뒤를 돌아보자 나는 제 정신이 들기 시작했다. 내가 서 있는 곳은 남자 고등학교 정문이었고 당황한 표정이 역력한 현수는 내게 걸어오고 있었다.

운동장에서 축구를 하던 몇몇 남학생들은 우리를 감지하고 좋은 구경거리라도 되는 듯 몰려와 휘파람을 부는가 하면 박수를 치기도 했다.

나는 오던 길을 도망치듯 되돌아갔다. 현수는 어느새 성큼성큼 내게로 다가와 도망치는 나의 손목을 붙잡았다.

"어떻게 여길……?"

나의 몸은 힘없는 지푸라기 인형처럼 현수를 향해 획 돌려세워졌다.

현수는 해탈이라도 이른 것 같은 냉정한 무표정에 약간은 우울한 얼굴을 하고 있었다.

'얼마나 그리던 얼굴이던가?'

몇 달 사이에 현수의 얼굴은 까칠하게 말라있었다. 안경너머 현수의 쌍꺼풀은 한층 더 진해진 것만 같았고

키는 훌쭉 커진 것만 같았다.

"버스 타고 가는데 너가 보이길래 그만……."

나는 말을 더 잇지 못하고 고개를 떨구었다.

"여기가 어디라고 애가 겁도 없이……."

"……."

나는 창피해서 그만 고개를 숙였다.

"저기 애들 난리 났다."

현수가 뒤를 돌아보고 하는 말이었다. 그때 휘파람 소리가 또 다시 길게 들려왔다.

"기숙사에서 인원 점검할 시간이야. 정류장까지 바래다줄게."

현수는 그렇게 말하며 내 손을 잡아주었다. 그렇게라도 해주지 않았다면 나는 그만 울 뻔했다.

나는 겨우 열아홉 살이었지만 나의 사랑은 열아홉 살이 아니었다. 두려움 없이 크고 깊게 누군가를 사랑하기 시작한 것이었다.

그 후 나는 지독한 그리움과 학업 스트레스가 섞인 고3을 겨우 참아내고 있었다.

드디어 수능을 보았다.

나는 집에서 가까운 국립대학교에 지원해 합격했지만

현수는 원하는 대학에 떨어져 재수를 선택했다.

우리의 이별은 계속되었다.

"우리 집이 서울로 이사 가. 나도 서울로 가서 재수할 거야."

현수는 서울로 가기 전에 한 통의 전화를 주었다.

"지금 거기 어딘데?"

나의 목소리가 주체할 수 없이 떨려왔다.

"터미널."

"내가 그리 갈게."

나는 그렇게 말하고 부랴부랴 터미널로 향했다. 떠나는 현수를 보아야 할 것 같았다. 그러나 현수는 모습을 보여주지 않았다.

다만 현수의 친구로 보이는 또래의 학생이 가끔 내 앞을 지나며 나의 얼굴을 살펴보곤 했다. 아……. 그러고 보니 영어 학원에서 본 듯한 현수의 친구 같았다.

터미널 근처 어디에 현수가 몸을 숨기고 나를 보고 있다는 것을 알아챘다. 그러나 기다리고 기다려도 현수는 자신의 모습을 보여주지 않았다.

대학 실패로 인해 하늘같은 자존심이 상했을 것을 예상 못한 것은 아니었다.

이제 우리가 그리던 꿈같은 대학생활은 없어졌다.

내 사랑은 알콩달콩 꽃 피우기도 전에 가시밭길이었다.

'현수야, 이제 가면 언제 볼까?'

나는 터미널을 뒤로하고 늦은 밤거리를 걸었다. 눈물이 흘러내렸다.

지나가는 사람들이 나를 흘금흘끔 바라보았다.

버스길을 지나 골목길, 다시 버스길을 걷다 흙길을 걸어 집으로 돌아온 나는 그만 쓰러져 누워버렸다.

이튿날 아침, 잠자고 있던 나는 엄마가 걱정스레 하는 말을 어렴풋이 들었다.

"애가 무슨 일 있대? 왜 울면서 자."

'아……. 내가 잠결에 울고 있었구나. 가슴이 절여오듯이 아프다.'

무심코 얼굴을 만져보니 눈물로 축축했다.

나는 모로 누워 그대로 다시 잠들었다. 그렇게 세상과 단절된 채 영영 자고만 싶었다.

어머니는 걱정스런 얼굴로 한창 꽃 필 나이에 왜 그러냐고 이유를 물었다. 그러나 나는 티 내지 않고 단지 쉬고 싶을 뿐이라고만 할 뿐이었다.

그 후 나는 핏기 없는 얼굴로 뒷동산에 올라 하늘과 나무와 풀과 들꽃들에게 위로받으며 마음을 달래곤 했다.

기다림…….

나는 무심코 지나치던 마을 곳곳을 찬찬히 보기 시작
했다. 마을 곳곳은 이제 의미 있게 눈에 들어와 나를 위
로해 주었다.

마을을 휘감는 양지바른 골목을 따라 길을 오르다보
면 아름드리 팽나무가 보였다.

어릴 때는 동네 아이들이 마치 어머니 품같이 편안한
팽나무에 매달려 살았었다. 나무 위에서 쪽잠도 자고 소
꿉놀이도 하며 놀기도 했고, 다람쥐같이 유연한 아이들
은 제법 높은 나무 꼭대기에 매달려 아슬아슬 곡예도
탔다. 아이들은 자신이 팽나무 열매라도 되는 것처럼 가

지에 매달리곤 했다.

팽나무를 지나면 조각난 밭이 하늘을 향해 누워 있었고 봄이면 각종 채소를 품어 길러내었다.

밭둑 옆 사시사철 양지바른 곳에는 이름 모를 묘지가 있었는데 그곳에는 해마다 배롱나무가 꽃을 피웠고 능소화가 그 나무를 휘감고 살았다.

여름이 지날 무렵 눈물처럼 뚝뚝 떨어지는 능소화 꽃송이를 보았다. 떨어진 꽃송이를 집어 들자 친구 진숙이가 캠퍼스에 핀 능소화를 보며 해준 말이 떠올랐다.

"어느 궁궐에 소화라는 어여쁜 궁녀가 임금의 사랑을 받게 되어 빈의 자리까지 올랐단다. 그래서 궁궐 어느 한 곳에 처소가 마련되었는데 다른 비빈들의 시샘과 음모가 장난이 아니었대. 때문에 궁궐 깊은 곳까지 밀려나게 되었는데 소화는 임금이 찾아오기만을 애타게 기다렸대. 그러다 상사병에 걸려 죽었고, 그 해 여름에 담가에 핀 꽃이 이 능소화라는데 꽃 이름의 뜻은 기다림이란다."

"슬픈 얘기네."

"남자들이 다 그렇지. 믿을 게 못 돼."

여고 때부터 테리우스 같은 남자가 좋다던 진숙이의

말이었다.

‘기다리다 지쳐 눈물 같은 꽃송이가 뚝뚝 떨어지나 보다.’

나는 그렇게 생각하며 떨어진 나팔꽃 같은 모양의 능소화를 들고 멀리 신작로 건너를 보았다.

기린봉 산줄기에서 흘러내리는 실개천의 흔적을 찾을 수 있었다. 나는 저 멀리 가재미 마을 지평선에 떨어지는 해를 보며 귀에 익은 유행가를 불러보았다.

"세월이 가면 가슴이 터질 듯한 그리운 마음이야 잊는다 해도 한없이 소중했던 사랑이 있었음을 잊지 말고 기억해줘요……."

나는 습관적으로 그렇게 같은 소절의 유행가를 누구에겐가 말하듯 조용히 흥얼거리다 뒷동산을 내려오곤 했다.

그렇게라도 마음을 달래야 살 것 같았다.

기다림, 나는 잊지 말고 기억해 달라는 유행가 가사와는 다르게 기약 없는 기다림을 하고 있었다.

자유와 낭만이 있는 넓은 대학 캠퍼스.

대학생이 되었지만 그런 것을 즐기기엔 내 마음에 여유가 없었다. 세상이 여러 가지 놀이들의 즐거움으로 호

기심을 동하게 하더라도 나와는 상관이 없었다. 나에겐 모든 것이 정지 상태였고 기다림의 연속이었다.

사실 현수는 내게 기다려 달라고 하지 않았었다. 그럼에도 나는 현수가 재수하는 동안 당연한 듯 기다리고 있었다.

'기다리는 동안 무얼 하고 있을까?'

나는 도서관에 자리를 잡고 어학, 문학, 상식, 종교 등의 책들과 각종 신문 잡지들을 탐독하기 시작했다. 기다림의 시간을 줄이기 위한 내 나름의 방법이었다.

우물 안 개구리 같던 나의 지식은 시야와 눈높이가 점점 넓어지고 높아지는 것만 같았다. 나는 책과 사색에 열중이었다. 알아가는 재미를 알게 된 것이었다.

그러다 어느 커플이 앞에라도 앉아 알콩달콩 연애질이라도 하면 예민해진 나는 읽던 책을 가방에 쑤셔 넣고 도서관을 나와 버리곤 했다.

"저것들 경범죄로 안 잡아가나?"

나는 못 볼 걸 본 것처럼 그렇게 내가 하지 못하는 유희를 부러워하며 혼잣말로 화풀이하고 있었다.

나는 인적이 없는 아름드리나무 밑 벤치를 찾아 대자로 벌렁 누워버렸다.

‘아……, 내 꽃다운 청춘.’

내가 하늘에 흘러가는 조각구름을 보며 그렇게 생각할 때였다.

“저…….”

나는 머뭇거리는 인기척을 느끼고 깜짝 놀라 자리에서 벌떡 일어났다.

“누, 누구세요?”

대자로 뻗어있던 나는 놀란 나머지 말까지 더듬었다.

“휴지 몇 장만 빌려주실 수 있나요?”

“예? 예…….”

나는 의외의 부탁에 가방을 열고 주섬주섬 휴지를 뽑아 주었다.

빼빼 마르고 금테 안경을 낀 남학생은 옆 벤치에 앉아 코를 풀었다. 아마도 감기라도 걸린 모양이었다.

“저기요……. 휴지 두 장만 더”

나는 두어 장을 다시 뽑아주었다. 그러나 코를 푼 남학생은 내게 또 다시 다가와 휴지를 요구했다.

“미안합니다. 자꾸…….”

그 남학생은 쑥스러운 듯 머리를 긁적이며 그렇게 말하고 있었다.

‘웬만하면 좀 사지?’

나는 차마 그렇게 말은 못하고 도톰한 100매짜리 화장휴지 묶음을 통째로 건네주고 자리에서 일어났다.

“고맙습니다.”

휴지를 받아든 남학생은 의미 있게 웃으며 그렇게 말했다.

다음날도 책을 읽을 요량으로 도서관 깊숙이 자리를 잡았다. 그런데 잠시 자리를 비운 사이 탁자에 자판기 커피가 올려 있었다. 내가 이게 뭐지? 하는 표정으로 두리번거릴 때 휴지를 빌렸던 남학생이 도서관 구석에서 손을 흔들어주고 있었다. 나는 예의상 고개를 까딱하고 인사를 한 후 자리에 앉아 한동안 책을 읽었다.

나는 해질 무렵 짐을 싸 들고 학과 건물이 듬성듬성 들어선 넓은 대지 같은 캠퍼스를 걸었다. 나이 많은 나무들이 줄을 서듯 있었고 그 길을 지나면 키 낮은 장미밭과 잔디밭이 있었다.

낮과는 다르게 어둑어둑해지는 풍치가 잠시 잊었던 그리움까지 끌어오고 있었다. 습관처럼 외로웠지만 적당한 침묵과 시원한 바람이 여간 좋은 게 아니었다. 나는 어느새 이 묘한 기다림 속에 고독을 즐기고 있었다.

그때였다. 휴지를 빌렸던 남학생이 나를 따라오며 말을 걸었다.

"이것도 인연인데 우리 통성명이나 할까요? 저는 치의예과 1학년 이윤재라고 합니다."

"예."

나는 할 말이 없다는 투로 짧게 대답만 하고 가던 길을 계속 갔다

"아, 너무하시네. 사람이 인사를 하는데……. 영문과 민지씨죠?"

나에게 호감을 갖고 따라 붙는 그 남학생은 이것저것 묻기 시작했다.

"민지씨한테 저 관심 많은데 시간 있으면 커피나 한잔 하실래요?"

"지금 바빠요."

나는 그렇게 답하고 길을 재촉했다.

"언제나 시간 될까요?"

"계속 바빠요."

"저 정도면 괜찮지 않나요? 잘 생겼지, 공부 잘 하지, 키 크지. 게다가 성격도 좋은데."

나는 자신감 넘치는 그 남학생을 슬쩍 훑어보았다. 공

부만 했을 선한 얼굴의 소유자였다. 그러나 그것뿐이었
다.

“여자 친구 필요하면 다른 데 가서 알아보는 게 좋을
것 같네요. 저 좋아하는 사람 있어요.”

“에잇 거짓말! 맨날 혼자던데?”

그 남학생은 못 믿겠다는 투로 그렇게 말하고 예상 밖
의 대답에 따라오던 길을 멈추고 제자리에 서 있었다.

나는 얼떨떨해하는 그 남학생에게 웃으면서 손을 흔
들어 주고 캠퍼스 대로로 연결된 곁길로 빠르게 발길을
옮겼다.

“뭐 그래도 상관없어요. 난 자신 있으니까.”

남학생은 자신에 찬 목소리로 그렇게 말했지만 나는
뒤도 돌아보지 않고 가던 길을 재촉했다.

그 후 그 남학생은 내가 도서관에 있을라치면 어떻게
자리를 찾았는지 자판기 커피와 음료수를 돌려가며 뽑
아 주거나 밥을 사주겠다고 조르기 일쑤였다.

“진짜 너무 하네요. 무슨 보살도 아니고……. 기다린
다는 그 사람 말이에요. 아, 아니에요. 그만 할게요. 이
제 귀찮게 안 하겠습니다.”

그 남학생은 무슨 말을 하려다 말고 그렇게 말하고는

한동안 모습을 보이지 않았다.

잔잔하던 호수 같은 마음에 파동이 없던 것은 아니었지만 차라리 잘 됐다는 마음으로 나는 홀가분해했다.

그러던 어느 날 그 남학생은 다른 여자 친구와 함께 도서관 내 앞 자리에 자리를 잡고 앉아 보란 듯이 자신의 여자 친구를 챙겨주었다.

촌스럽고 투박한 나에 비해 그 여자 친구는 코스모스 같이 여려 보였다.

나는 표현하기 묘한 이상한 기분이 들었다.

현수는 수능이 끝나도 아무 소식이 없었기에 나는 서서히 지쳐가고 있을 때였다. 기약 없는 나의 기다림이 농락당하는 기분이 들었다.

나는 조용히 짐을 싸들고 도서관 밖으로 나왔다.

오한이 들 것 같은 음산한 날씨에 겨울비가 추적추적 내리고 있었다. 우산도 없이 비를 맞으며 걸었다. 나도 모르게 눈물이 흘러내렸다.

‘내가 흘리는 이 눈물의 의미는 무엇일까?’

나는 인적이 드문 학교 후문을 통해 집으로 향했다. 사람들이 싫어져 누구도 만나고 싶지 않았다. 집에 도착한 나는 병든 마음만큼 몸도 호되게 아파 와 며칠 동안 병석에 누워 지냈다.

영문을 모르는 어머니는 걱정이 이만저만이 아니었다.

그러나 아픈 만큼 성숙해진다는 흔한 말처럼 뜨거운 볕을 견디는 만큼 나는 조금씩 단단해지고 있었다.

헝클어진 실타래

대학 생활이 그렇게 일 년이 지나고 있었다.

나는 그 흔한 미팅 한번 해보지 못하고 접근하는 모든 남학생들을 벌레라도 보듯 단칼에 자르며 청산과부같이 세월을 보냈다.

2학년이 되었다.

현수는 여전히 아무 연락이 없었다. 우리는 진짜 이별을 한 모양이었다. 바보같이 나는 오랜 시간이 지나고서야 이별을 실감하기 시작했다.

누군가를 기다린다는 것은 많은 감정 변화를 요구했다. 사랑했던 만큼 현수가 원망스러웠고 미워지기 시작했다.

나는 아직 고등학교 4학년, 고등학교 5학년을 대학

도서관에서 홀로 지내고 있었다.

'어디서부터 잘못된 것일까?'

내 삶이 어디서부턴지 마구 헝클어진 실타래 같았다.

대학 캠퍼스 내 현수의 친구로 보이는 남학생들이 나에게 아는 눈빛을 보냈다. 몇 년째 계속되는 저 눈빛들, 이젠 이상야릇한 저 눈빛들도 지긋지긋해졌다. 내가 할 수 있는 것은 오로지 저 눈빛들을 견디고 이겨내는 것뿐이었다.

도서관의 봄, 여름, 가을, 겨울, 해와 비, 바람과 눈의 단상들을 바라보며 지루한 기다림을 잊기 위해 나는 시인이 되기도 하고 가수가 되기도 했다.

5월 장미축제가 한창이었다. 그러나 그런 것들은 나에게 여전히 아무 의미가 없었다.

나는 제2도서관에서 책을 보다 도서관 뒤 벤치로 나왔다. 벤치에 앉아 바람을 쏘이며 맑은 하늘을 보았다. 누군가 만나기 좋은 참 좋은 날씨 같았다.

진숙이가 자판기 커피를 들고 와서 내게 건넸다.

"뭐하냐?"

"그냥 하늘 보고 있었어."

"또 그 자식 생각하는 건 아니지? 잊어라. 어디 남자가 그놈뿐이냐?"

"잊었어……. 근데……. 자꾸 마음이……."

나는 그렇게 말하고는 기어이 울기 시작했다.

"나쁜 놈, 걔 어디선가 잘 먹고 잘 살 테니까 잊어. 너 좋다는 남자들 많은데 왜 그러고 살아? 그 치의대생 윤재씨랑 잘 해보지. 왜 그렇게 쌀쌀맞게 굴고 바보같이……."

진숙이는 주머니에서 휴지를 꺼내 내게 건넸다.

"닦아! 야 근데, 그 자식한테 복수해 줄 좋은 방법 없을까?"

"현수가 뭘 어쨌다고 복수야……. 생각해 보면 그 앤 기다려 달라고 하지 않았어."

기분이 좀 가라앉은 나의 말이었다.

"야야! 착한 척 고만하고, 스트레스 풀리게 상상을 좀 해봐. 그 자식이 미워지면 머릿속에서 사지를 꽁꽁 묶어 놓고 죽을 때까지 바늘로 콕콕 찔러보는 거야. 아님 껌처럼 씹다가 꺼내서 쭉쭉 늘려보기도 하고 지겨우면 돌돌 말아 휴지통에 버리는 거지. 하하하……."

진숙이는 제 말에 신나서 그렇게 말하고는 통쾌한 듯 목젖을 드러내고 웃어 젖혔다.

그때 도서관 건물 모서리에 몸을 숨기고 서 있는 한 사람이 내 눈에 들어왔다.

"진숙아 잠깐……."

진숙이도 나의 시선을 따라 도서관 건물 모퉁이를 돌아보았다.

나는 무엇엔가 홀린 듯 그쪽을 향해 걸어가 보았다. 그때 한 남학생이 건물 모서리 쪽에서 벤치를 찾아 터벅터벅 걸어오고 있었다. 도서관 모서리에 기대고 있던 사람은 사라지고 없었다.

'아니었나 보다.'

건물 모퉁이에 서 있던 실루엣이 현수를 닮았었기에 놀라운 마음으로 다가갔지만 현수가 아니었나 보았다. 시내를 걷다가 비슷한 뒷모습이라도 볼라치면 앞으로 뛰어가서 확인한 적이 몇 번 있었지만 그때마다 현수는 아니었다.

"민지야, 너 안 되겠다."

뒤따라 온 진숙이가 걱정스레 하는 말이었다. 진숙이에게 내 밑바닥 깊은 곳까지 있는 그대로 들켜버리자 비참해졌다.

"우리 내일 미팅하자."

"그래."

나는 그러자고 해놓고 다음날 약속 장소에 나가지 않았다.

쉽게 변하는 사람의 마음을 믿고 싶지 않았고 또 그 마음을 볼모로 상처 받고 싶지 않았다. 아마도 그때는 그랬던 것 같다.

'그렇다면 변하지 않는 것은 무엇일까?'

나는 생각해 보았다. 당장 답을 구하지 못했지만 나는 그 무렵부터 더 크고 넓은 것들을 사색하기 시작했던 것 같다.

복잡한 마음을 달래며 도서관에 있던 나는 어릴 적 일이 생각났다.

어느 날 시장에 간 아버지는 고물고물한 강아지 새끼 한 마리를 사왔었다. 나는 고사리손 같은 손으로 복실이 밥을 챙겨주었고 겨울이 되면 혹여 추울까 개집에 헌 이불도 깔아주는 등 지극 정성을 다했었다.

그 무렵 암수술을 했던 허약한 아버지는 기력이 없었고 몸보신을 해주고픈 어머니는 복실이를 잡아 각종 한약재를 넣어 약을 만들었다.

눈부신 산업화가 이루어진 70년대 말이었지만 아직도

배고픈 시절이었기에 다 큰 개는 병약한 아버지에게 큰 약이 되었다.

나는 죽은 복실이로 망연자실한 마음을 달래지 못하고 건넌방에 누워 며칠을 울어댔다. 어머니는 강아지를 또 사주겠노라고 나를 달랬지만 나는 막무가내였다.

사실 내가 더 서럽게 운 이유는 따로 있었던 것 같다. 온 집안에 퍼지는 구수한 향기 같은 한약재 냄새에 시장기가 돌아 어머니가 뚝 떼어주는 고기 몇 점을 먹었었다. 이후에 복실이였다는 걸 안 나는 토악질을 해보았지만 위장 밑까지 내려간 후였었다.

그때 내가 키웠던 복실이를 알아보지 못하고 맛있게 먹은 것에 대해 충격을 받았었고 후로는 애완동물에게 정을 주지 않게 되었다.

나는 이런저런 생각을 하며 대학노트에 시를 썼다.

아부지 몸보신

초저녁 굴뚝에 피어나는 괴기국 향기
오랜만에 집안 그득한 풍요함
병약한 아부지 몸보신에

시장기가 요동친다

한 그릇 뚝딱 들이 마시고
흐뭇하게 부른 올챙이배를 토닥이며
턱찌끼를 모은다

영리하게 짖어대던 복실이
막손이 아저씨의 희번덕이던 눈알에
고놈 참 실하단 소리가 번뜩
나는 애써 도리질 쳐 본다

어스름에 누운 그림자 앞세우고
복실이를 불러본다
부른 배에 휘몰아치는 정적
복실이 목걸이만 덩그라니
내 눈물은 뚝뚝.

　대학노트에 낙서하듯 시를 끄적이다 다시 책을 보았
지만 복잡한 여러 가지 생각과 어릴 적 기억들이 정신
을 어지럽혔다.

"휴우!"

나는 큰 숨을 몰아쉬고 짐을 챙겨 도서관을 나와버렸다. 시끌벅적한 장미 축제가 끝나고 있었다.

학생들은 각종 음식점과 술집으로 썼던 천막들을 치우고 있었다.

노을에 곱게 물든 캠퍼스를 걷던 나는 다시 쓸쓸해졌다. 세상은 이렇게 아름다운데 아마도 나의 대학생활은 이방인같이 늘 혼자일 것 같은 예감이 들었다. 물과 기름처럼 섞이지도 않고 늘 물 위를 떠다니는 기름처럼 혼자일 것만 같았다.

나는 캠퍼스에 떨어져 나뒹구는 꽃잎을 보며 나도 모르게 조용히 시를 읊조리고 있었다.

고독

해마다 봄이 돌아와 늙어가고
부질없이 꽃잎이 흩날려도

사랑하는 이만 있으면

내 어찌 애석할까

인적 끊긴 무심한 노을 아래
벗이 남기고 간 술잔에는
색 바랜 꽃비만이 그득일쎄

　그렇게 생각나는 대로 시를 읊조리며 축제를 정리하는 학교 정문을 빠져나오던 나는 모든 게 싫고 피곤해졌다.
　여느 때처럼 집에 도착한 나는 대청마루에 대자로 누웠다. 다시 모로 누워 고풍스런 기와 처마와 넓은 마당 끝에 서 있는 포도나무와 각종 꽃들이 핀 화단을 살펴보았다.
　아무도 없는 집은 고요했다.
　이유를 생각해 볼 여유도 없이 눈을 감았다. 머리가 빙빙 돌 것만 같았다.
　'아! 어쩌다…….'
　지나온 세월을 반추하다 나도 몰래 흐느끼듯 흘러나오는 말이었다.

 그때 전화벨이 울렸다. 나는 그대로 꼼작도 못하고 누워 있었다. 전화벨이 지루하게 울리다 제 풀에 지쳐 끊겼다.

 나는 여전히 멍하니 누워 어두워지는 마당을 보았다. 암탉이 먹이를 찾아 여기저기 분주하게 돌아다녔다. 얼마 전에 부화한 병아리들이 어미꽁무니만 졸졸 따라 다니고 있었다.

 "엄마아!"

 암탉을 보고서야 이상하리만치 조용한 집과 어머니가 생각났다.

 "엄마아!"

 나는 자리에서 일어나 집 안을 둘러보았다.

 그때 다시 전화벨이 울렸다.

 나는 마루를 북북 기여 가서 전화를 받았다.

 "여보세요?"

 "민지야 병원이다. 아버지 교통사고 나셨다."

 "무, 무슨 말이야?"

 나는 어머니의 말에 놀라서 그렇게 되물었다.

 "대학병원으로 얼릉 와 얼릉."

 "아, 알았어."

나는 헐레벌떡 골목길을 뛰어 내려갔다. 병원에 도착
하자 차주인은 어머니를 붙들고 억울하다는 말만 반복
했다.

"아버지는?"

"좀 전에 응급치료 받고 주무신다."

"근데 어떻게 된 일이야?"

"아버지가 달리는 차에 달려들었다고 저그 운전수가
그런다. 그서 자기는 보상 못 한대."

30대로 보이는 차주인은 완강했다. 시골길이지만 어
르신이 죽으려고 작정하지 않으면 그렇게 방향을 틀고
오토바이를 타고 달려올 수 없다고 했다. 자신은 결백하
다고 주장했다.

온 몸에 타박상과 찰과상을 입은 아버지는 응급치료
받은 후 신경안정제를 맞고 잠이 들어 있었다.

안쓰러웠다. 아버지는 검게 그을렸고 비쩍 말라 있었
다. 긴 잠에서 깨어난 아버지는 차주인 말이 맞다는 듯
고개를 끄덕여주고 가라는 손짓을 한 후 창밖만 바라보
았다.

차주인은 안도의 숨을 몰아쉬며 '아저씨, 다시는 그러
지 마세요. 다시는 그러면 안돼요.'를 연발하며 도망치

듯 병원을 빠져나갔다.

아버지는 입버릇처럼 전쟁통에 죽었어야지 하며 살아 남은 것을 고통스러워했었다.

나는 처음으로 아버지의 옆모습을 자세히 보았다. 검게 그을리고 깊게 패인 주름진 얼굴이 고독해 보였다. 상상도 하지 못할 그 쓸쓸한 아픔을 이해해 보려하자 와락 눈물이 났다.

"아버지 다신 그러지마……. 다신 그러지마!"

나는 아버지 무릎에 얼굴을 묻고 떼를 쓰듯 어깨를 들썩이며 울었다. 그동안 꼭꼭 묻어 두었던 여러 가지 아픔들을 한꺼번에 터트리며 나는 그렇게 한참을 울었다. 언니와 동생도 아버지한테 달려들어 '그러지마'라고 하며 함께 울었다.

아버지는 아무 말 없이 우리 머리를 쓰다듬어 주었고 적잖이 충격 받은 어머니는 그 사건 이후 마루에 멍하니 앉아만 있는 아버지를 아기 다루듯 달랬다.

"당신 없으면 우리 어떻게 살라고……. 우리 못 사는 거 알지? 당신 건강해야 돼?"

그러나 아버지는 대청마루에 말없이 앉아 낮은 담장 너머 마을 지평선에 떨어지는 노을을 볼 뿐이었다.

　어머니는 그런 아버지의 눈치를 보았고 아버지의 건강이 회복되길 바라며 뒷바라지에 여념이 없었다.
　아버지는 몸이 차츰 회복되자 어머니를 보며 웃어주기도 하고 가볍게 막걸리도 마셨다.
　나는 그 후 안도의 숨을 몰아쉬며 시간이 나는 대로 어머니의 일을 도왔다.

만남 그리고 헤어짐

그렇게 세월을 보내다 대학교 4학년 어느 가을날, 나는 한 통의 전화를 받았다. 현수였다. 전화를 받으면 말없이 끊기는 전화가 그동안 없었던 것은 아니었다. 그럴 때면 나는 전화한 사람이 현수라 여기고 아직도 남은 미련 때문에 온종일 방황했었다. 그러나 이번만은 현수가 자신을 밝히며 만나자고 했다.

'몇 년 만인가? 이제 와서 무슨 말을 하지?'

나는 그을음 같은 매운 연기조차 사라진 다 타버린 장작이었다.

우리는 약속 장소에서 서로의 얼굴을 확인했다. 낯설었지만 전역한 현수는 좀 더 남자다워진 모습이었다.

내가 굳이 어떻게 살았노라고 말하지 않아도 현수는

나의 지나온 생활을 이미 다 알고 있는 듯했다.

"어떻게 지냈어?"

"대학 들어가고 좀 있다 입대했고 전역해서 여기부터 온 거야."

나는 현수가 군대에 몸을 담고 있을 것이라고 짐작은 했었다.

일 년 전쯤 신원을 밝히지 않은 군인이 내게 편지를 보내왔기 때문이었다. 나는 현수로 생각하고 답장을 했지만 그런 사람 없다는 답장이 돌아올 뿐이었다.

그러나 나는 알고 있었다. 그런 사람 없다고 답장을 한 사람이 현수라는 것을……

나는 밤하늘에 알알이 박힌 별빛 아래서 현수의 편지를 모두 불 태워버렸다. 그리고 마지막까지 남아있던 눈물 한두 방울까지 다 쏟아버렸다.

'다시는 울지 않으리……'

나는 그렇게 다짐했었다.

오랜만에 본 현수는 나를 조용한 커피숍으로 데려갔다.

나는 오랜 기다림과 지침에 아무 생명이 살 수 없는 사막 같은 심정이었다.

그러나 현수의 표정은 달랐다. 나와는 다르게 어떤 살아 꿈틀대는 감정이란 것이 있어 보였다.

"민지야, 보고 싶었어."

현수는 그렇게 말하면서 어떤 감정에 복받쳐 울기 시작했다.

'아니, 왜……'

나는 우는 현수를 무표정한 눈으로 바라보았다. 그런데 왠지 눌러 붙은 딱지 같은 상처에 보상이라도 받는 느낌이 들었다. 지난 4년 동안 버려진 기분을 애써 외면하며 누군가를 습관처럼 기다려 왔었다.

'포기하고 내려놓기를 얼마나 반복했었던가.'

이제 우리의 사랑은 알콩달콩한 사랑이 아니었다. 현수의 눈물에도 나의 심장은 여전히 냉소적이고 얼음처럼 냉랭했다.

현수는 대학 한 학기를 어떻게 보냈는지 지나가는 말로 이야기해 주었다. 술에 취해 개처럼 길바닥에 살다 군대를 갔다는 이야기였다.

'왜 내게는 연락하지 않았어?'

나는 그렇게 묻고 싶었지만 차마 말하지 못했다. 그건 사랑이 지나간 자리에 남겨진 내 마지막 자존심이었다.

울음을 그친 현수는 냉랭한 나를 말없이 바라보았다.

나는 변함없이 차갑고 냉정했다. 같이 울 수도 웃을 수도 없었다. 현수는 예전처럼 내 마음을 돌릴 수 없다는 걸 알았는지 어느 순간부터 침묵했다.

현수는 버스 출발시간이 되자 나의 손을 살짝 잡아주고는 차에 몸을 실었다. 자리에 앉은 현수는 입술을 꾹 다물고 고개를 숙였다. 버스 밖에 서 있는 나를 돌아보지 않았다.

나는 다시 궁금해졌다. 우리가 이별을 한 것일까? 재회를 한 것일까?

현수는 고시공부를 준비하느라 또 잠적할 것이었다. 나는 기다려야 할 것인가? 정리해야 할 것인가? 정리한다면 과연 내가 현수를 잊을 수 있을까? 우리는 속시원하게 '자 이제부터 이별이야' 하며 감정을 깔끔하게 정리한 적이 없었다. 언젠가 다시 보겠지, 우리가 어떻게 이별을 할 수 있단 말인가? 하는 식이었다.

버스가 출발했다.

'멀어져가는 사람, 야속한 사람, 이제 가면 또 언제 볼까?'

버스가 떠나고서야 가슴이 미어지듯 아파왔다. 사막

같던 마음에 단비가 내리기 시작했다.

나는 버스를 따라 뛰기 시작했다. 현수에게 해주고 싶은 말이 있었다.

"현수야 가지마! 나 이제 못 기다려, 힘들단 말이야. 이 바보야!"

나는 버스를 따라 얼마를 뛰다 제자리에 서서 얼굴을 묻고 울었다.

"아가씨, 괜찮은 거여?"

길 가던 아저씨가 안쓰러운 듯 기웃거리며 나에게 위로의 말을 했다.

나는 얼굴은 들지 못하고 고개만 끄덕일 뿐이었다. 가로등 불빛이 눈물로 흐릿하게 번져왔다.

"실연 당한 거여? 나도 젊었을 때 거 머시기 좋아하는 여자에게 차여 봤는디, 다 한 때니께 힘내드라고. 인생이 다 그런 거지 뭐."

아저씨는 인생 다 살아본 사람처럼 나를 위로해주며 혀를 찼다.

"남자가 누군지 몰라도 거 참 보는 눈 없구면. 그런 놈 한 트럭 와도 콧방귀도 뀌지 말고 더 좋은 사람 만나드라고. 그럼 나 갈랑게 학생도 얼렁 집에 들어가고. 파

이팅!"

일수 돈 받으러 다닐 것 같은 30대 중반의 아저씨는 그렇게 말하고는 허리띠를 습관처럼 들어 올리며 가던 길을 갔다.

울음을 그친 나는 그렇게 한참을 제 자리에 서서 버스가 떠나 간 길을 보고 있었다. 그때 여고 어느 여름 날 읽었던 어린왕자와 여우의 대화가 생각났다.

"지금 내게 있어서 너는, 10만이나 되는 다른 많은 사내아이와 별로 다를 게 없는 사내아이야. 따라서 나는 네가 없어도 아무런 상관이 없지. 너 역시 내가 없어도 아무런 상관이 없을 거야. 네게 있어서 나는, 10만이나 되는 다른 여우와 똑같을 테니까. 하지만 네가 나를 길들이면 우리는 서로 떨어질 수 없는 존재가 될 거야. 너는 내게 있어서 이 세상에서 단 한 사람이 되는 거고, 나는 네게 있어서 둘도 없는 여우가 되는 거지……."

"사람들은 이런 중요한 사실을 잊고 있어. 하지만 너는 이것을 잊으면 안 돼. 네가 길들인 것에 대해서는 언제나 책임을 져야 해."

똑똑한 여우는 그렇게 말했었다.

'그러나 볼 수도 만질 수도 없는 마음 도둑인 너에게

도대체 무엇을 근거로 책임을 지운단 말인가!'

　나는 그렇게 생각하며 집으로 돌아왔다. 그러나 어떻게 집으로 돌아왔는지 나에게는 기억이 없다.

　물론 그 후 내가 어떻게 살았는지 한동안의 기억도 마치 지우개로 지운 것처럼 아무것도 없다.

인연은 거기까지…….

대학을 졸업하고 서울로 온 나는 작가 등단을 위해 늦은 공부를 시작했다.

글이 좋아 썼던 이전과는 다르게 이제는 대중과 소통하고픈 마음으로 글을 쓰기 시작했다.

글을 쓰는 사람들의 모임은 즐거웠다. 그들은 생각이 번뜩였으며 순수하고 솔직했다. 그리고 오랜 습작으로 인해 겸손했고 때로는 교만했으며 고독해 했다. 그들 중에 나도 예외는 아니었다. 나와 비슷한 사람들의 모임은 그 존재만으로도 위로가 되었다.

경쟁에 있어 한참 미숙한 이들을 보면 쌀독에 쌀이 떨어져가도 방 안에서 책만 읽는 백면서생 같다는 생각이 들어 쓸쓸한 웃음이 절로 났다. 경쟁 속에 숨 막혀하던 나를 뒤돌아보면 어쩌면 처음부터 이 길이 내 길이었을지 모른다고 생각되었다.

나는 원고지에 글을 쓰다 전자 상가를 뒤져 적당한 타자기를 구입해 습작을 했다. 곧 워드 프로그램을 배웠고 컴퓨터를 활용해 습작을 했다.

우리 세대의 통신문화 또한 유선 전화기에서 삐삐를 거쳐 무선 전화기까지 참으로 다변했다. 아날로그를 거쳐 디지털의 세계로 넘어가는 낀 세대였다. 덕분에 아날로그의 멋스러운 감수성과 디지털의 편리함을 다 맛볼 수 있었다.

그렇게 수업과 모임, 습작으로 지쳐가던 어느 날, 나는 고시공부를 하던 현수와 어떻게 연락이 되었는지 한번 만나게 되었다.

언제나 그랬던 것처럼 가난한 우리는 서울 시내를 걷고 걸었다.

우리의 만남은 낯설었고 서먹했다. 좀 떨어져 걸으며 고시 이야기, 공부 이야기를 했다.

'현수는 나에게 어떤 존재일까? 무엇을 확인하기 위해 다시 만났을까?'

현수와 나는 생각하는 것과 가치관, 습성 등이 한참

달랐다. 열정이 가라앉자 좀 냉정해진 나에게 현수가 더 자세히 보이기 시작했다. 현수와 나는 현실과 이상만큼 수학과 문학만큼 차이가 있었고 달랐다.

저녁이 되자 현수는 시간에 쫓기는 듯 나를 지하철까지 바래다주었다.

"민지야, 잘 가고……. 난 도서관에 들어가 봐야 할 것 같아."

"그래……."

나는 어정쩡하게 손을 들어 안녕을 고했다.

지하철 문이 열리자 나는 열차 안으로 들어가 창밖을 내다보았다. 현수가 플랫폼 거기 그대로 서 있었다. 현수의 눈과 마주쳤다.

가슴이 아려왔다. 그것은 변함없는 사실이었다.

지하철이 출발하자 우리는 더 이상 보이지 않을 때까지 서로에게 시선을 떼지 못했다.

아! 나는 그때 분명히 알았다. 우리의 인연은 거기까지라는 것을…….

멀리서 너를 보며

그 후 나는 외모나 성격 등 모든 면에서 평범하고 무던한 사람을 만나 결혼이란 걸 했다.

나의 남편이 현수가 아니라는 사실이 가끔씩 나를 낯설게 한 것을 제외하고 나의 결혼생활은 무난했다.

그리고 나는 여전히 글쓰기와 책읽기에 심취해 있었다. 어떤 새로운 이야기나 생각들을 구성해서 표현하고 그 글자들의 조합으로 의미가 조금씩 달라지는 미묘한 차이들을 공부하는 것이 즐거움이자 때론 고통이었다.

그러던 어느 날 나는 자주 들르던 서점에 갔다. 구석에 숨어 있는 책들을 하나하나 훑어보다 한쪽 벽에 고시 합격생들의 명단이 붙어 있는 것을 보았다.

나는 무심코 지나치려다 재미 삼아 명단을 훑어보았

다. 그런데 고시 합격자 명단에 거짓말같이 '김현수'가 있었다. 나는 한참 동안 '김현수'라는 이름을 바라보았다.

'하필 한 번도 보지 않던 고시 합격생 명단을 난 왜 보았을까? 그리고 그 많은 이름 중에 유독 김현수가 왜 내 눈에 띄었을까?'

강 건너에서 바라보는 것처럼 멀리서 보는 이름이었지만 마음 한쪽이 아려왔다. 그날 집으로 돌아온 나는 인지 능력이 떨어지는 사람처럼 멍하니 앉아 무념무상의 시간을 보냈다.

'드디어 기나긴 공부가 끝났구나. 나를 그토록 벌세우듯 기다리게 하던 시간들.'

우리의 인연은 보이지 않는 누군가가 얄궂게 장난이라도 치듯 조종하는 것만 같았다.

저녁이 되자 나는 여러 가지 잔상들을 잊기 위해 여름옷과 겨울옷을 모두 꺼내 정리를 하는가 하면 가구들을 옮겨 보기도 하고 구석구석 청소도 해보았다.

"집이 좀 바뀐 것 같다?"

"엄마가 하루 종일 청소만 해요."

남편과 딸아이의 대화였다.

오후 내내 청소와 정리만 하던 나는 다음날 새벽이 되

어서야 지친 몸으로 겨우 잠이 들었다.

그리고 몇 달이 지난 어느 가을날 아침, 꿈을 꾸다 잠을 깼다. 현수가 결혼하는 꿈이었다. 뜻밖의 꿈이었다.

"현수가 결혼하나 보네."

나는 그렇게 중얼거리고 있었다.

무엇인가 간절할 때는 꿈에서도 보인다고 했던가? 나의 무의식 속에는 아직도 현수가 간절한가 보았다. 그러나 이젠 이 모든 것들이 담담하게 받아들여졌다.

그 후 어느 날 나는 딸아이를 유치원 차에 태워 보내고 도서관에 들러 소설책을 잔뜩 빌렸다.

아이를 유치원에 보낸 후 나의 일과는 여전히 글쓰기와 책읽기였다. 육아로부터 몇 시간의 자유를 즐기며 책을 읽는 것은 여간 즐거운 일이 아니었다.

책읽기는 작가별로 목록을 정해 성향을 탐구하며 읽는가 하면 때론 대하소설들만 골라 몇 달을 소설속의 주인공이 되어 과거와 미래로의 여행을 떠나곤 했다.

책을 읽을 동안 아무도 없는 조용한 거실에서 들리는 것은 나의 숨소리와 책장 넘기는 소리뿐이었다.

나는 파노라마처럼 펼쳐지는 20권이 넘는 대하소설을 읽고 나면 다른 대하소설을 읽고, 다시 다른 대하소설을 읽으며 세월을 낚았다. 흥분과 감동으로 책속 세상에 젖어 거실을 뒹굴뒹굴 굴러다녔다.

그 날도 빌린 소설책 보따리를 안고 아파트 문을 열었다. 전화벨이 울리고 있었다. 나는 전화벨이 끊기기 전에 도루하는 야구선수처럼 달려가 수화기를 낚아챘다.

"여보세요?"

숨이 헐떡거려왔다.

"혹시 민지니? 나야……."

"응?"

뜻밖의 목소리가 들려왔다.

"나 현수."

오랜만에 듣는 목소리였다.

"어떻게……. 네가?"

"네 소식 친구 통해 들었어."

조심스러운 목소리였다.

"어……."

"나 얼마 전에 결혼했어."

꿈에서 보았던 현수의 표정이 왠지 우울해 보였었다.

"그래……. 결혼 축하해. 고시 붙은 것도."

"어떻게 알아? 나 고시 붙은 거."

"서점에 갔었는데……. 벽보의 소식란 통해 우연히 봤어."

현수와 나 사이엔 잠시 침묵이 흘렀다.

"재밌네……. 얼굴 한번 보여줄래?"

나는 잠시 극심한 고민에 빠졌다.

"아니……. 현수야, 난 이대로가 좋아."

현수가 보고 싶었지만 난 그렇게 말해버리고 말았다. 우리 사이에 한참 동안 침묵이 흘렀다.

"한번쯤 보고 싶었는데……, 그래……, 잘 살고……, 전화 이만 끊을게."

나는 수화기를 내려놓고 그대로 멍하니 앉아 있었다.

지나간 세월이 주마등처럼 스쳐 지나갔다. 주책없이 이놈의 눈물이 또 흘러 내렸다. 난 이제 한 남자의 아내이고 아이 엄만데 왜 눈물이 날까? 함께 하지도 못하면서 남도 아닌 것이 참으로 질긴 인연이었다. 울지 않고 참으려 노력했지만 뚝뚝 떨어지는 눈물을 어찌하지 못했다.

내가 흘리는 이 눈물의 의미는 무엇일까?

다시 돌아가지 못하는 청춘과 못 다한 사랑이 아쉬워서일까? 순수했던 나의 가슴앓이가 안쓰러워서일까? 나

는 또 한 번 '다시는 울지 않으리라.'는 마음으로 혼자
꺼억꺼억 울며 하루를 보냈다.

오랜 세월이 지나고 보니

벌써 몇 십 년이나 세월이 흘렀다. 그런데 오늘따라 왜 이리 현수가 생각나는 걸까? 그때였다. 컴퓨터 화면에 쪽지가 떴다.

"나 현수야, 너 민지 맞니?"

나의 심장이 주체할 수 없이 뛰기 시작했다.

"너 진짜 현수야? 김현수?"

"응······."

반가운 글자가 화면에 떴다.

나는 한참 동안 모니터를 바라보았다. 저 모니터 뒤 어딘가에서 현수의 숨소리가 들리는 것만 같았다.

"꼭 한번 보고 싶다."

현수의 메시지가 뜨자 여고 때 설레던 감정이 하나 둘

되살아나고 있었다.

“나두……. 꼭 한번 보고 싶다.”

현수가 전화를 줬던 서른 즘의 나와 다르게 이제는 상처 받은 사랑과 자존심이 좀 너그러워지고 둥글둥글해졌나 싶었다.

우리의 대화는 지나온 세월만큼 간간히 끊겼다.

“내가 요즘 정리할 것이 있어 그러는데……. 사흘 후 종각역 커피숍에서 볼래?”

“그래.”

나는 대답부터 냉큼 하고 달력을 보았다. 다행히 약속 없는 날이었다.

몇 십 년이 흘렀지만 나는 현수에게 있어 다시 갈래머리 여고생으로 돌아가고 있었다.

“그럼, 그때 보자.”

“응.”

나는 그렇게 쪽지를 날리고 자리에서 벌떡 일어나 거울을 보았다. 여기저기 패인 주름살이 눈에 띄었다. 하얗게 새어나오는 흰머리들은 염색을 해야 할 것 같았다. 벌써 삼십대 중반부터 올라오는 징그러운 흰머리들이었다. 아직 내 마음은 여고 때와 다를 바 없는데 흰머리에 잔주름들은 흘러간 세월을 고스란히 말해 주었다.

시계는 아직 수요일 자정을 가리켰다.

'목요일, 금요일, 그리고 토요일……. 어떻게 기다린다지?'

오늘 밤은 잠이 오지 않을 것 같았다.

나는 읽지도 않는 책장을 넘기다 어슴푸레 밝아오는 새벽거리를 확인하고서야 잠이 들었다.

이튿날 나는 오랜만에 느끼는 설렘과 호기심으로 무슨 일이든 허둥대기 일쑤였다.

현수를 만나러 가기 위해 온 장롱을 뒤져 옷을 골랐으나 입고 나갈 마땅한 옷이 없었다.

동네 단골집에서 파마와 마사지를 하고 백화점에 쇼핑하러 나갔다. 봄에 어울리는 감청색 바탕에 잔잔한 꽃들이 규칙적으로 수놓인 원피스가 눈에 띄었다.

여성미가 물씬 풍기는 원피스였다. 원피스를 산 후 리본 달린 아이보리색 단화도 샀다.

집에 돌아오자 둘째딸 지윤이가 원피스를 자기 몸에 대보며 '와아! 이쁘다, 엄마 무슨 일 있어?'부터 시작해 연신 질문공세다.

내가 딱 저 나이에 현수를 만난 것이었다. 그때 애달

프던 감정들이 이렇게 오랫동안 내 마음 깊은 곳에 자리 잡고 있을 줄은 몰랐다.

약속 시간이 다가올수록 설렘은 배가 되었고 들뜬 감정은 더욱 증폭되어 나를 행복하게 만들었다. 나는 쪽지를 받던 수요일 밤부터 행복한 기다림을 하고 있었다. 기약 없던 기다림이 아니었다.

'아! 어떻게 변했을까?'

시간은 쉼 없이 흘러 드디어 토요일이 되었다.

나는 아침부터 꽃단장을 하고 약속 장소로 나갔다. 종각역의 커피숍에 들어선 나는 고등학교 때처럼 넓은 유리창 옆 자리를 잡았다.

반시가 지났을까? 창밖 사람들은 쉼 없이 제 갈 길을 갔지만 현수는 오지 않았다.

설렘은 곧 걱정으로 바뀌고 있었다.

'무슨 일이 있나?'

나는 창밖을 기웃거리다 더 기다려 보기로 마음을 다독였다.

'이까짓 기다림 쯤이야, 근데 너 참 나를 많이 기다리게 한다.'

그런 생각이 들자 나도 몰래 쓴웃음이 배어 나왔다.

넓은 창으로 한가득 들어오는 따스한 봄 햇살에 눈이 부셨다.

그때였다. 교복을 입은 한 고등학생이 내 앞으로 다가왔다.

난시 안경을 벗고 온 나는 초점을 맞추느라 소년을 한참 동안 응시해야만 했다.

"어? 현수?"

나는 자리에서 일어났다.

30여 년 전의 고등학생 현수가 내 앞으로 다가오고 있었다. 현수는 그때 그 모습 그대로였다.

'나의 현수…….'

내가 그렇게 현실과 환상을 오가고 있을 때 낯선 목소리가 나를 일깨웠다.

"안녕하세요? 맞게 찾았네요. 저는 김자, 현자, 수자 되시는 아버지의 아들 김현욱입니다."

학생은 적대감이라도 있는 듯 지나치게 차분하게 자신을 소개했다.

"아, 앉아요……."

당황한 나는 그렇게 더듬거리듯 말하고 무슨 일인가 하고 학생을 꼼꼼히 훑어보았다. 이목구비가 현수를 닮아 있었다.

"여기는 어떻게……."

나는 왠지 불안한 마음이 들었다.

"뵙자마자 이런 말 하긴 좀 그렇지만, 아빠가 그제 그만……. 돌아가셨어요."

현수의 아들 현욱이는 그렇게 말하고 이내 침울해졌다.

"뭐? 돌아가시다니……. 무슨 말이지?"

"뇌종양 말기셨습니다."

"뇌종양 말기요?"

믿을 수 없는 말이었다.

"일이 바쁘셔서……. 병원을 너무 늦게 가셨어요."

현수의 아들은 목이 메이는 듯 잠시 감정을 추슬렀다.

"그런데도 아빠가 수술 날짜를 자꾸 미루셨어요. 누구 좀 찾고 수술하겠다고 고집을 피우셨는데……. 우리는 아빠 뜻이 워낙 강경해서 어떻게 하지도 못하고 있다가……. 찾는 사람이 아주머니인 것을 알고 처음엔 좀 기분이 안 좋았지만……. 아버지가 원하시니 제가 인터넷의 모든 사이트를 동원해 아주머니를 찾은 겁니다. 엄마랑 저는 부랴부랴 다음 주 월요일에 수술 날짜까지 잡아 놓았는데……. 암세포가 너무 퍼져……. 그제 그만……."

"아……!"

믿기 힘든 말의 연속이었다.

망치로 얻어맞은 것처럼 머리가 멍해져 아무 생각이 나지 않았다.

"지난 목요일에 아주머니랑 연락되고 이발도 하시고 면도도 하시는 것이 기분이 좀 좋아 보이셨는데……. 아빠가 돌아가시기 전에 제게 부탁했어요. 약속 장소에 꼭 나가 달라고요. 저희 엄마도 오늘 삼일장 끝나고 아주머니께서 기다리신다고 어서 나가 보라고……."

"이게 다 무슨 말인지 이해가……."

나는 갑작스런 일들에 숨이 멎을 듯이 가슴이 먹먹해져 왔다.

'오랜 기다림 속에 이해와 포용을 했지만 이제 더 이상 볼 수 없다니…….'

그런 생각이 들자 헛웃음이 나왔다. 실감이 나지 않았다.

요즘 나이 쉰 정도면 아직 청춘 아니던가? 생사를 가를 나이로는 이른 나이지만 어디 그게 나이순대로 돌아가는 것은 아닐 터였다.

나는 이 모든 상황이 서서히 인지되자 안타까움에 마음이 아려왔다.

"학생⋯⋯. 초면에 그렇지만 얼굴 한번 만져 봐도 될까요?"

현수의 아들 현욱이가 잠시 망설이다 고개를 끄덕였다. 나는 떨리는 손으로 현욱이의 얼굴을 만져 보았다.

'현수야⋯⋯. 지금 와서 보니 우리가 너무 어릴 때 만났었구나. 커가는 우리 아이들을 보니 그때 우리가 너무 어렸던 걸 알겠어. 이제는 너의 모든 행동을 이해해. 그러므로 나에게 있어 너는 무죄야. 그러니 훨훨 털어버리고 잘 가.'

나는 떠나가는 현수에게 마음으로 그렇게 말하고 있었다.

현욱이는 나에게 30년 전 현수였다. 나도 마치 30년 전으로 돌아가 여고생 민지가 된 기분이 들었다.

나의 입가에 회한에 젖은 미소가 감돌았다. 되돌릴 수 없는 그 시절이 영화 필름처럼 제멋대로 편집되어 내 눈 앞에 떠올랐기 때문이었다.

빗속에 나를 쫓아온 현수의 기억과 영화를 보던 날,

맞잡은 손에 땀이 한가득 찼지만 장난스럽게 '이그, 땀'
하며 자기 옷에 땀을 쓱쓱 닦아내고 다시 손을 꼭 잡던
기억, 그리고 첫 키스, 오랜 헤어짐, 눈물, 기다림 등이
내 기억을 스치고 지나갔다.

"초면에 고마워요."

나는 현수 아들 얼굴에서 손을 뗐다.

고개를 숙이자 지독한 눈물이 앞을 가렸다.

"저기……. 괜찮으세요?"

나는 고개를 끄덕여줬다. 그러나 흐르는 눈물을 멈출
수가 없었다.

"여기 아빠 일기장요. 아빠가 아주머니께 꼭 전해 달
래셨어요. 미안하다고 하시면서요."

현수의 아들은 대학노트 몇 권을 내게 건넸다. 생각지
못했던 뜻밖의 일기장이었다.

"고맙게 받을게요."

눈물을 닦아내고 대학노트를 챙겨 자리에서 일어날
때 멀미 같은 현기증이 났다. 나는 잠시 휘청거렸다. 다
리에 힘이 빠져 일어나기 힘들었다. 현수의 아들은 걱정
되는 얼굴로 나를 부축해 주었다.

"택시 태워드릴까요?"

“아니, 괜찮아요.”

커피숍을 나온 나는 택시를 타고 집으로 돌아와 서재
문을 잠갔다. 오랫동안 혼자 있고 싶었다.

아! 순수했던 그 시절을

나는 책상에 앉아 현수의 대학노트를 멍하니 보았다. 낡은 겉표지가 세월을 말해주고 있었다.

노트에는 처음 나를 보았을 때 느낌부터, 그리움 담긴 낙서 같은 짧은 글, 시들이 씌어 있었다. 노트를 넘기다 현수의 속마음을 기록한 글들이 눈에 띄었다.

○ 월 ○ 일

지긋지긋한 재수를 마치고 대학교 1학년, 날씨 좋은 봄날이다. 나는 전주로 향하는 버스에 몸을 실었다. 내 그녀를 보기 위해서였다. 친구들은 도서관에 가면 그녀를 만날 수 있을 것이라 일러줬다.

나는 나무들이 울창한 드넓은 국립 대학교 캠퍼스를 한참 동안 통과하고서야 교내 중앙 도서관에 도착했다.

일층에서 사층까지 모조리 다 뒤져보았지만 그녀는 보이지 않았다. 나는 근처 식당을 돌아보고 제2도서관으로 갔다. 일층부터 사층까지 모두 뒤져보았다. 없었다. 도서관 건물 뒤쪽으로 조성된 울창한 나무들 아래 벤치가 눈에 띄었다.

나는 건물 모퉁이로 조심스레 걸음을 옮겼다. 민지가 거기 있을 것만 같았다.

진짜 나의 민지가 하늘을 바라보며 홀로 거기 있었다. 쓸쓸함이 그대로 배어 나왔다.

나는 한참 동안 민지를 바라보았지만 앞에 나설 용기가 나지 않았다.

그때 민지에게 자판기 커피를 들고 다가가는 친구가 있었다.

"뭐 하나?"

"그냥 하늘 보고 있었어."

무표정한 민지였다.

"또 그 자식 생각하는 건 아니지? 잊어라. 어디 남자가 그 놈뿐이냐?"

"잊었어…… 근데…… 자꾸 마음이……"

민지는 그렇게 말하면서 기어이 울기 시작했다.

"나쁜 놈, 걔 어디선가 잘 먹고 잘 살 테니까 잊어. 너 좋다는 남자들 많은데 왜 그러고 살아? 그 치의대생 윤재씨랑 잘 해보지…… 왜 그렇게 쌀쌀맞게 굴어. 바보같이……"

민지 친구는 자기 일이라도 되는 양 씩씩거리며 그렇게 말했다.

"닦아! 야 근데, 그 자식한테 복수해 줄 좋은 방법 없을까?"

"현수가 뭘 어쨌다고 복수야…… 생각해보면 그 앤 기다려 달라고 하지 않았어."

"야야! 착한 척 고만하고, 스트레스 풀리게 상상을 좀 해봐. 그 자식이 미워지면 머릿속에서 사지를 꽁꽁 묶어 놓고 죽을 때까지 바늘로 콕콕 찔러 보는 거야. 아님 껌처럼 씹다가 꺼내서 쭉쭉 늘려보기도 하고 지겨우면 돌돌 말아 휴지통에 버리는 거지. 하하하!"

민지 친구는 제 말에 신나서 그렇게 말하고는 통쾌한 듯 웃어젖혔다.

그때 민지는 무엇인가 느꼈는지 내 쪽을 보았다.

"진숙아 잠깐……"

민지는 그렇게 말하고 내 쪽으로 다가왔다. 내가 건물 뒤로 몸을 숨길 때 건물 모퉁이에서 민지 쪽으로 걸어가는 남학생이 있었다. 민지는 그 남학생이 내가 아님을 확인하고는 일순간 허망한 표정을 지었다.

'나는 왜 숨었을까?'

나는 건물 모퉁이에서 본의 아니게 여러 가지를 보고 말았다.

나는 그렇게 우는 민지를 홀로 남겨두고 서울로 돌아와 입영신청을 해버렸다.

그녀를 사랑하지만 책임지지 못 할 거라면 놓아주는 게 좋겠다는 생각이었을까? 아니면 무엇이었을까?

○ 월 ○ 일

드디어 전역했다. 나는 먼저 전주로 향했다.

민지가 너무 보고 싶었다. 군대에 있는 동안 나는 민지만 생각했다. 민지에게 모든 걸 빌고 용서를 구할 생각이었다.

'너를 오랫동안 혼자 두어서 미안하다고……. 군대 있는 동안 너밖에 없다는 걸 깨달았다고…….'

전주에 도착한 나는 용기를 내 민지에게 만나자고 했다.

나는 지난 세월이 아쉬워 내내 눈물 흘렸지만 민지는 너무나 차갑고 냉정했다. 귀여운 나의 민지는 온데간데없었고 시간이

흐른 만큼 저만치 멀리 떨어져 원망 섞인 눈으로 나를 바라 보았다.

차라리 나에게 욕이라도 하면 덜 미안 할 텐데…… 다 나의 잘못이었다.

'미안하다 민지야. 나는 미숙했고, 겁이 났고, 할 일들이 많았었다.'

이제 우리 사랑은 이것으로 끝인가 보았다.

'민지야 잘 살길 바라.'

서울에 가면 장사하시며 내 뒷바라지에 고생하시는 홀로 되신 어머니를 찾아뵈야겠다.

○ 월 ○ 일

내가 제일 잘 하는 것은 공부다. 내가 가진 것은 내 머리밖에 없다.

그럼에도 이 사법고시 공부가 녹녹하지 않아 힘들다.

수북이 쌓인 법서들……

조금이라도 자세가 흐트러지지 않도록 늘 긴장이다.

머리 밖으로 꿈틀꿈틀 기어나가는 벌레 같은 법들을 다시 머리에 주워 담기를 수십 번이다.

'벌써 몇 번의 실팬가? 힘들다.'

오랜만에 만난 민지를 섭섭하게 보내고 나는 도서관 맨 구석에 자리를 잡았다.

지금 내가 해야 할 일은 어서 이 공부를 끝내는 일이기 때문이다.

○ 월 ○ 일

친구를 통해 민지가 결혼했다는 소식을 들었다.

'뭐지? 이 마음은?'

마음이 뻥 뚫린 듯 공부가 되지 않는다. 하루 종일 허둥대기 일쑤다.

우습게도 민지가 나를 두고 결혼 할 것이라는 생각은 미처 하지 못했다.

나도 참 뻔뻔하기 그지없는 것 같다.

생각하면 미안하기 짝이 없는데 말이다. 내 마음 깊은 곳을 들여다보면 그녀를 묶어두고 꼼짝하지 않기를 바란 것은 아닐까?

평소보다 일찍 집으로 들어온 나에게 어머니가 잔소리를 하셨다. 나는 내 뒷바라지에 힘든 어머니에게 있는 대로 화를 내고 방안으로 몸을 숨겼다.

이유는 모르겠지만 왠지 눈물이 났다.

행여 어머니가 들을까 무서워 숨죽여 울었다. 어디 가서 크게 소리 내서 울고 싶다.

○ 월 ○ 일

같이 고시를 시작했던 친구들 몇은 벌써 시험에 합격하고 자기 갈 길을 가고 있다.

자존심 상한다. 죽을 만큼······.

○ 월 ○ 일

지나온 세월을 뒤돌아보니 나는 무엇엔가 쫓기듯 오로지 뛰어만 왔다. 뛰는 것이 당연한 듯 그렇게 습관처럼 살아왔다.

'과로일까?'

요즘 부쩍 사람들의 말을 인지하지 못하겠다. 머리가 마비된 듯 둔하고 멍하다.

'몸에 이상이라도 생긴 걸까?'

사람들의 말을 알아들을 수가 없다. 원래 눈이 나빴지만 초점도 안 잡히고 매스꺼움도 심해졌다.

어제는 법정에서 중심을 못 잡고 넘어지기까지 했다. 사람들이 걱정의 눈빛으로 다들 한마디씩 했다.

피곤하고 두렵다.

바빠서 미루었던 건강검진을 꼭 받아야겠다.

'몸에 이상이라도 있으면 어떡하지?'

○월 ○일

악성 뇌종양……

믿을 수가 없다. 내 나이가 몇인데……

○월 ○일

무시로 오는 두통……. 극심한 구토……

너무 늦게 발견한 탓으로 퍼질 대로 퍼진 암 덩어리들

수술이 성공할 확률이 많진 않지만 성공한다 해도 예전의 나로 돌아갈 수 없단다.

'이제 어떻게 살지?'

웃음이 난다. 내가 어떻게 살았는데……

○ 월 ○ 일

요즘 너무 생각나는 이름, 민지……

'나 아프다. 민지야.'

수술하기 전에 꼭 너를 보고 싶다.

○ 월 ○ 일

아들 현욱이에게 민지를 찾아달라고 했다.

현욱이는 가족을 생각하라고 처음엔 타박이었지만 죽음을 앞둔
내 마음을 이해했는지 곧 나의 뜻을 받아주었다.

내가 딱 저만 할 때 그녀를 만났었는데……

순수했던 그때 그 시절

민지가 생각난다.

증세가 더 악화되기 전에 그녀를 만나보고 싶다.

그녀를 꼭 만나야만 한다.

○ 월 ○ 일

그 녀

나만 바라보는 그녀
유리알같이 깨끗한 그녀
들에 핀 잔잔한 꽃 같은 그녀
내 못된 마음은 나비같이 날개를 딸랑거려 하늘을 날아본다.
그녀가 닿지 않는 곳으로…….
그러나 결국 내 집은 바로 그녀

　

나는 현수의 일기를 다 읽고 한동안 멍하니 앉아 있었다. 사람이 이리도 허망하게 죽을 수 있다니 몇 번이고 헛웃음이 났다. 원망도 생겼다. 성공하려고 나를 버려두었던 그 시절을 보상받고 싶었다.

'바보……. 나쁜 놈…….'

그러다 일기에서처럼 '민지야' 하고 어디선가 부르는 소리가 들리는 것만 같아 또 눈물이 났다.

'사랑했다 현수야. 아니 사랑이란 두 글자로 내 마음을 전하기가 부족했다.'

나는 그런 생각을 하다 일기장 끄트머리에 글을 남겼다.

< 내 오랜 사랑아, 당신이 있어 나는 기뻤고 노했고 슬펐고 즐거웠습니다. 그리고 언제나 기억할 것입니다. 순수했던 그 시절을……. >

글을 쓰고 나니 와락 눈물이 날 것만 같았다.

이제 진짜 이별이었다. 현수는 사람의 뜻으로 어찌 해 보지 못할 경계를 넘은 것이었다.

그러나 이제 그 슬픔도 꿋꿋하게 참아 보려 한다. 아쉬움이 가득한 사람이지만 현수는 그만큼의 사람임을 인정하고 받아들여야 했다.

현수의 낡은 일기장을 덮었다.

현수의 일기장을 바라보니 한편으론 홀가분한 마음도 들었다. 언제나 잃어버린 무엇을 찾기 위해 무의식 속에서 헤매던 것을 이제 해결한 기분이 들었다.

어쩌면 일기를 전해준 현수 마음은 꼭꼭 숨겨두었던 내 안의 굳은 상처를 치료해 주고픈 연고 같은 마지막 배려가 아닐까 생각해 보았다. 그러나 상처야 치료한다지만 그 시절 그리움과 아쉬움은 어찌하지 못할 것 같았다.

나는 일기장들을 모아 고이고이 서랍장에 넣어두고 창밖을 바라보았다. 창밖에는 새벽이 밝아오고 있었다. 어두움을 깨우는 태양이 멀리서 노크를 하며 시나브로 그 지경을 넓히고 있었다.

내 마음속의 상처와 어두움도 점점 사라지며 태양의 빛들이 그 지경을 넓히고 있었다.

'아버지, 감사합니다. 길고 어두운 터널을 통과해도 언제나 농부의 자녀로서 너그러운 마음을 지키게 해주심을…….'

내가 그런 생각을 하며 창밖을 보고 있을 때 나무 그림자들이 봄바람에 살랑살랑 흔들렸다.

'저녁이면 출장 갔던 남편이 돌아오겠지…….'

나는 처음으로 나와 함께 묵묵히 20여년 넘게 살아온 공기 같은 남편을 생각해 보았다.

한결같이 착실하고 고마운 사람, 내일 집에 돌아오면 내 곁을 지켜줘서 고맙다고 꼭 한번 안아줘야겠다.